CUENTOS BREVES
para
ir y venir

Ignacio Aldecoa • Nuria Barrios • Benedetti • Cortázar
Luis Mateo Díez • Fontanarrosa • García Márquez
García Hortelano • Llamazares • Longares • Merino
Millás • Monterroso • Pérez-Reverte • Vicent

punto de lectura

Ignacio Aldecoa, «En el kilómetro 400» (*Cuentos completos*, 1995)

Nuria Barrios, «Pinto-Hong Kong-Bali» (*El zoo sentimental*, 2000)

© Mario Benedetti, «Sobre el éxodo» (*Con y sin nostalgia*, 1977)

   c/o Guillermo Schavelzon & Asociados, Agencia Literaria, info@schavelzon.com

Julio Cortázar, «Ómnibus» (*Bestiario*, 1951)

Luis Mateo Díez, «El chopo» (*El árbol de los cuentos*, 2006)

Roberto Fontanarrosa, «Dos en una moto» (*Una lección de vida y otros cuentos*, 1998)

Gabriel García Márquez, «Sólo vine a hablar por teléfono» (*Doce cuentos peregrinos*, 1992)

Juan García Hortelano, «Una fiesta campestre» (*Cuentos completos*, 1992)

Julio Llamazares, «El conductor perdido» (*El País*, 27 de mayo de 2006)

Manuel Longares, «El patinador» (*La ciudad sentida*, 2007)

José María Merino, «Maniobras nocturnas» (*Cuentos de los días raros*, 2004)

Juan José Millás, «Zapatos» (*Algo que te concierne*, 1995)

Augusto Monterroso, «Vaca» (*Obras completas y otros cuentos*, 1959)

Arturo Pérez-Reverte, «La pasajera del San Carlos» (*Obra breve*, 1995)

Manuel Vicent, «Una dama en la noche» (*Los mejores relatos*, 1997)

© De esta edición:

2009, Santillana Ediciones Generales, S.L.

Torrelaguna, 60. 28043 Madrid (España)

Teléfono 91 744 90 60

www.puntodelectura.com

ISBN: 978-84-663-2145-7

Depósito legal: B-40.709-2009

Impreso en España — Printed in Spain

Selección de los cuentos: Juantxu Herguera Casado y Alfredo Blanco Solís

Diseño de cubierta: María Pérez-Aguilera

Imagen de portada: Getty Images

Primera edición: junio 2009

Segunda edición: octubre 2009

Impreso por Litografía Rosés, S.A.

Índice

Ignacio Aldecoa
*En el kilómetro 400**

I

Bajó la cabeza. Las lucecillas de los controles le mascaraban el rostro. Tenía sobre la frente un nudo de sombras; media cara borroneada del reflejo verde, media cara con los rasgos acusados hasta la monstruosidad. Volvió la página que estaba leyendo y se acomodó. Sentía los rebordes de las costuras del asiento; sentía el paño del pantalón pegado a la gutapercha.

... le dejó razón al sheriff de que los cuatreros quedaron encerrados... Roy no les tiene miedo a los cuatreros... Cinco horas después en el camino del Pecos...

Llovía. Las gotas de agua tenían un trémulo y pirotécnico deslizarse por el parabrisas. El limpiador trazaba un medio círculo por el que miraba carretera adelante el compañero, que de vez en vez pasaba una bayeta por el cristal empañado. En la cabina hacía calor.

* Título inicial: «En el kilómetro 400 comienza el atardecer», *El Español*, 4 de febrero de 1956.

... Roy fue más rápido... Micke Diez Muescas se dobló por la cintura... Roy pagó la consumición del muerto y salió del «saloon»...

Todo iba bien. Daba escalofríos mirar por el medio círculo del parabrisas. La luz de los faros acrecía la cortina de agua. En la carretera, en los regueros divergentes de la luz, la lluvia era violenta, y el oscuro del fondo, una boca de túnel inquietante. En las orillas la lluvia se amansaba, y una breve, imprecisa claridad emanaba de la tierra; en las orillas, la serenidad del campo septembrino. Acaso cantase el sapo, acaso silbase el lechucillo; acaso el raposo, fosfóricos los ojos, diera su aullido desgañitado al paso del camión.

... montó en su potro «Relámpago»... Si Mr. Bruce insistía en comprar el rancho de Betty, ya le arreglaría las cuentas... Un jinete se acercaba por el camino del Vado del Muerto.

El olor del cigarro puro apagado de su compañero se confundía con el olor del gasoil. Estaban subiendo. Levantó la cabeza y abandonó el semanario infantil sobre las piernas. El compañero escupió bagazo del puro. La historieta se había acabado.

... (continuará)...

Cerró los ojos un momento. La voz opaca del compañero le arrancó de la sensación de comodidad.

—Luisón, coges el volante en Burgos.

—Ya.

—Tiras hasta el amanecer... No pierdas tiempo leyendo tonterías.

—Ya.

—Duerme un poco.

—Ya.

—Tendrás que apretar antes del puerto. Ahora hay que andar con cuidado.

—Ya, Severiano.

Las manos de Severiano Anchorena vibraban, formando parte del volante. El volante encalla las manos, entumece los dedos, duerme los brazos. Hay que cuidar las manos, procurar que no se recalienten para que no duelan. Luisón María se levantó del asiento, dio un gruñido y se tumbó en la litera. La luz roja del indicador del costado entraba por la ventanilla. Corrió el visillo.

Siete toneladas de pesca, hielo y cajas. Habían salido de Pasajes a las seis de la tarde. Corrían hacia Vitoria. En Vitoria cenarían en las afueras, en la carretera de Castilla, en el restaurante de la gasolinera. Era la costumbre.

—Severiano, ¿viste a Martiricorena en Pasajes?

—Se acabó el hombre.

—Cuando yo le vi estaba colorado como un cangrejo; cualquier día le da algo.

—Se duerme al volante. Eso dice Iñaqui.

Luisón estiró las piernas. Preguntó:

—¿Cuántos chavales tiene Martiricorena?

—Cinco. El mayor anda a la mar.

—Ya.

—Anda con Lequeitio, el patrón de *Izaro*.

Luisón se incorporó a medias en la litera. Dijo:

—Trae un cigarrillo.

Severiano le alargó por encima del hombro el paquete de cigarrillos.

—En Vitoria nos encontraremos —dijo— con Martiricorena. Salió a las cinco y media.

Luisón pensó un momento en los compañeros de la carretera: Martiricorena e Iñaqui Aguirre, Bustamante y el gallego Quiroga, Isasmendi y Urreta...

En el techo de la cabina el humo se coloreaba del reflejo de las luces de controles. Severiano bajó el cristal de la ventanilla y el humo huyó, volvió, tornó a huir y se deshizo en un pequeño turbión. Entró un repentino olor de campo mojado.

—Pasando Vitoria, escampa. Podré coger velocidad.

—Estuve con Asunción; me dijo que se iba a casar.

—¿Se va a casar? Vaya... ¿Has mirado cómo vamos de aceite?

—Vamos bien... Con Mariano Osa, ese que le falta un dedo, ese que para en la taberna de Ángel.

—No le conozco... Este motor tiene demasiados kilómetros, tendrán que liquidarlo.

—Ya... Estaba guapa de verdad. Da pena que se case con ése...

—Haberle dicho tú algo.

—Taa... En Madrid hay que repasar el motor; hay que echarle un buen repaso.

—Tú, Luisón, es que no te das maña con las mujeres. Hay que decirles de vez en cuando cosas agradables.

—¿Para qué?

—Hombre, ¿para qué? ¡Qué cosas!

Un automóvil de turismo les marcó las señales de focos. Pasó al costado su instantánea galerna.

—Extranjero —dijo Severiano—. A la frontera.

Luisón estuvo pensando.

—¿Sabes cuánto se gana en Francia en los camiones fruteros?

—Mucho, supongo.

—Doble por el viaje que aquí, primas aparte. Lo sé por los hermanos de Arbulo.

—¿El que se fue a Francia cuando la guerra?

—Sí.

—Se casó otra vez, me dijeron.

Severiano se rió. Su risa era como un amago del motor.

—Vaya tío. Traía a las mujeres...

Luisón se rió: su risa estaba escalofriada por la imaginación.

—Es un mono —dijo.

El camión ascendía las lomas de la entrada de Vitoria. Disminuía la lluvia. Por un momento, la verbena de luces rojas, amarillas y verdes del camión se estableció frente a la caseta de arbitrios. El de puertas saludó la partida inmediata.

La ciudad tenía un silencio íntimo, sombras tránsfugas, bisbiseo pluvioso, madura, anaranjada luminosidad. La ciudad era como un regazo de urgencia para los hombres de la carretera.

Cruzaron Vitoria. Pasaron bajo un simple, esquemático puente de ferrocarril. Otra vez la carretera. Al sur, Castilla, en lo oscuro, noche arriba. Hicieron alto en el restaurante de la gasolinera. Los surtidores esmaltados en rojo, cárdenos a la luz difusa, friolenta, del mesón, tenían un algo marcial e infantil, de soldados de plomo.

El camión de Martiricorena estaba parado como una roca de sombras, con el indicador posterior encendido.

Luisón María antes de entrar en el comedor bromeó con una de las muchachas del mostrador. Las bromas de Luisón no eran ofensivas, pero resultaban desagradables a las mujeres. Luego pasó al comedor. Martiricorena e Iñaqui habían terminado de cenar. Anchorena estaba sentado con ellos. Iñaqui se quejaba de fiebre. Dijo a su compañero:

—Vas a tener que conducir tú todo el tiempo. Estoy medio amodorrado.

—Aspirina y leche. Luego coñac. Bien, bien. Se te irá pasando.

Anchorena había encargado la cena. Luisón saludó a Martiricorena y a Iñaqui. Se enteró de que el último estaba indispuesto.

—Tienes que cuidarte, chaval, tienes que cuidarte. Estás siempre confiado en tu fuerza sin darte cuenta de que un catarro se lleva a un hombre como un castillo...

—Debo tener cuarenta grados.

Martiricorena fumaba su puro con tranquilidad.

—Si en Burgos no te encuentras mejor yo llevo el camión esta noche. No te preocupes.

Iñaqui movió la cabeza negativamente.

—Creo que podré conducir un rato.

Luego consultó su reloj de pulsera.

—Nos vamos a ir. Hay que ganar tiempo. Vosotros camináis más de prisa.

Anchorena explicó:

—El motor anda algo torpe. No creas que se puede hacer con ese camión lo que hacíamos antes.

Iñaqui Aguirre se levantó del asiento. Hinchó el pecho, estiró los músculos. Movió la cabeza como queriendo sacudirse la fiebre. Dijo:

—Estoy roto, roto, amolao, bien amolao. No debiera haber salido de Pasajes.

Martiricorena resopló tras beber una copa de coñac al trago.

—Iñaqui, te echas. Yo llevo el volante.

Iñaqui Aguirre tenía una poderosa constitución de pelotari, el rostro pálido y animado, un hablar casi murmullo. A Martiricorena la barriga se le derramaba sobre la pretina del pantalón mahón, ya casi gris; el pescuezo colorado, el pecho lampiño y graso, se le veían por la abierta camisa de cuadros.

Luisón María y Anchorena comenzaron a comer. Iñaqui Aguirre al despedirse le dio un golpe en la espalda a Luisón.

—Bueno, hasta Madrid. Estoy deseando llegar para meterme en la cama.

Empujó a Martiricorena:

—Vámonos, viejo, que estamos los dos buenos. Martiricorena hizo un gesto con la cabeza.

—Agur.

—Agur.

Luisón y Anchorena comían en silencio. Anchorena dijo:

—Si tienen avería mal se van a arreglar. Con Iñaqui así...

Desde el comedor oyeron arrancar el camión.

—Yo he conducido con treinta y nueve de fiebre —dijo Luisón— el invierno pasado. Cuando llevaba el camión de la Pesquera. Estaba la carretera peor que nunca. Me derrapaba el camión porque estaba desnivelada la carga. Vaya noche.

Anchorena llamó a la muchacha del comedor:

—¿Tenéis por ahí algún periódico de hoy?

La muchacha contestó:

—No sé. Miraré a ver.

Preguntó Luisón:

—¿Qué quieres ver?

—El fútbol. Que dicen que...

—¿No has tenido tiempo de leer esta mañana?

—Esta mañana me la he llevado con el asunto de las cubiertas de aquí para allá. He ido a comer muy tarde.

Cuando la muchacha entró con un periódico bajo el brazo, las manos ocupadas con dos platos de carne, Luisón la miró fijamente. La muchacha se ruborizó. Dijo:

—¿Qué estarás pensando, guisajo?

La muchacha era de más allá de las montañas que cierran la llanada alavesa por el norte. Luisón María se sonrió. Severiano Anchorena abrió el periódico.

II

En Miranda de Ebro había escampado. Bajaba el río turbio, terroso, rojizo, con un vértigo de remolinos en los que naufragaban las luces de las orillas. Los remolinos se desplazaban por la corriente, aparecían y desaparecían, jugaban y amenazaban. En Pancorbo salió la luna al cielo claro y las peñas se ensangrentaron de su luz de planeta moribundo. Una luna que construía tintados escenarios para la catástrofe. El tren pasó como un juguete mecánico en un paisaje inventado. El regato de Pancorbo iba crecido. En el pueblo, entre las casas, se hacían piedra de tiniebla las sombras.

14

En la Brújula el campo estaba escarchado por el estaño lunar. Ya fantasmeaba la luna yerta. Voló el pájaro sin nido que busca en la noche para posarse el hito del kilómetro. El ruido del motor mecía el pensamiento del hombre en los umbrales del sueño.

En Quintanapalla, viento afilado. En Rubena, silencio y piedra. En Villafría de Burgos, los fríos del nombre. En Gamonal, un cigarrillo hasta el Arlanzón; hasta la taberna de Salvador, ciudad de Burgos, café y copa, conversación mezquina, una medida de escrúpulo a base de bicarbonato para el estómago ardiente de Anchorena, leve gorrinada de satisfacción hecha pública y repetición de copas.

Salvador aguanta en el mostrador hasta el paso de los camiones de la pesca. Él prepara el bocadillo de la alta noche, la botella de ponche del invierno, el termo de café para la soñarrera. Trajina algún encargo a Madrid, guardando turno de camioneros por el favor que le hacen, sacándoles unas pesetas a los encargantes. Va viviendo.

Luisón María sorbía el café.

—¿Pasó Martiricorena?

—No ha pasado todavía.

—Ha tenido que pasar, porque va delante de nosotros. Era para preguntarle por Iñaqui, que lleva fiebre.

—Habrán seguido.

—Sí, habrán seguido.

Ya Anchorena estaba satisfecho. Comenzó a hablar.

—Tú, Salvador, tienes buena mina con nosotros; tú no te pierdes.

Salvador nunca tenía buen humor. Era pequeño, flaquito, calvorota, con el ojo derecho regañado. Decía muchas palabras malsonantes. Prestaba la misma sumisión a los camioneros que el perro suelto, que el perro cien padres al que le da el pan. A las veces enseñaba los dientes y gruñía por bajo. Los camioneros vascos lo celebraban con risas. Solían decirle: «Y nosotros en la tuya».

Salvador se había casado con su criada, que era un medio esperpento resignado, a la que galantemente llamaba «la yegua». Cuando la echaba para la cocina chasqueaba la lengua: «Chac, chac, a la cuadra, maja, a la cuadra, yegua». Anchorena estaba satisfecho y quería reírse:

—Salvador, si viniera otra, ¿a quién te cargarías tú?

—De vosotros no quedaba ni uno.

Luisón María intervenía:

—Ves, Salvador, cómo aunque te damos de comer no nos quieres ni un poco. El cura de mi pueblo dice que hay que querer al prójimo. ¿Tú es que no quieres nada con los curas?

—Yo no he dicho eso. Yo no digo nada.

—No dices nada, pero nos meterías cuatro tiros, ¿a que sí?

Salvador intentaba sonreír.

—Bueno, bueno, tomáis otras u os vais, que se os hace tarde.

Cuando Salvador hacía mala sangre de aguantar durante todo el día los jocundeos de su parroquia, se quedaba tuerto, no pedía favores a los camioneros y éstos no le gastaban bromas, porque una vez salió de detrás del mostrador con el cuchillo de partir el salchichón dispuesto a rebanar el pescuezo de un cliente que se había excedido.

—Una broma es una broma, y se aguanta según de quien venga. Vosotros os creéis todos muy graciosos...

Anchorena se reía con la boca y con la barriga.

—Eres un tío, Salvador; va a haber que hacerte un monumento. ¡Qué tío célebre!...

Luisón María pidió un polvorón.

—No estarán canecidos, ¿eh?

—Si te lo parece, no lo comas.

—Te pregunto, Salvador, te pregunto.

—No estoy para choteos.

—¿Es que no se puede preguntar en este establecimiento? ¿Es que no hay una ley que obligue a los taberneros a contestar decentemente a los clientes?

Salvador arrugó la frente. El ojo regañado se le cerró. Escupió.

—No estoy para bromas.

Luisón María insistía:

—Pero ¿están canecidos o no? Pregunto, Salvador, pregunto.

Salvador contestó con ira:

—No están canecidos.

—Pues si no están canecidos no los quiero. A mí me gusta tomar las cosas canecidas, las cosas con penicilina.

Severiano Anchorena se reía a grandes carcajadas. Salvador se estremecía de rabia. Parecía que tras el párpado cerrado el ojo iba a reventarle de abultado que se le veía. Anchorena dejó de reírse. Calmó a Salvador.

—Parece mentira que no sepas aguantar una broma.

—Es que ésa no tiene gracia. Éste la repite casi todas las noches.

Luisón María pasaba de la sonrisa a una fingida seriedad, de la fingida seriedad a una seriedad no fingida, de la seriedad no fingida al mal humor. Dijo:

—Pero qué mala uva tienes...

Salvador solía también lograr sus propósitos. Acababa el cliente tan enfadado como él. Luisón María amenazó:

—Te juro que si hubiera otra taberna abierta a estas horas, te podías despedir de mí como cliente.

—Pues cualquier día me da por cerrar —dijo Salvador— en cuanto suenen las doce, y vais a tener que calentaros la tripa con agua de la fuente.

Anchorena pidió una copa y Salvador volvió a ser el humilde servidor de siempre.

—Sírvete tú algo —invitó Anchorena.

—Se agradece, Severiano.

Luego se disculpó:

—Es que no os dais cuenta que a estas horas lo que está deseando uno es meterse en la cama; que uno a estas horas no tiene ganas de nada.

Luisón María estaba totalmente enfadado. Se negó a tomar la última copa. Luego pagó Anchorena. Salvador los despidió muy fino.

Luisón María se sentó al volante. Puso el camión en marcha. Anchorena se repantigó.

—¡Qué Salvador! —dijo Anchorena.

Luisón no respondió. Anchorena movió la cabeza a un lado y otro. Repitió:

—¡Qué Salvador! ¡Qué extrañas revueltas! Esa pobre mujer que vive con él... Si un día me dicen que mientras duerme le ha pegado una cuchillada, diré que ha tenido razón para dársela.

Luisón miraba ya a la carretera. El compañero le preguntó:

—¿Qué te pasa, hombre?

—Nada, que acabo siempre de mal café con el tío ese.

—Pero hombre, Luisón, qué chiquillo eres.

—No lo puedo remediar; acabo de mal café.

Anchorena volvió a mover la cabeza a un lado y a otro.

—Te tomas un trabajo inútil.

Cruzó un coche que no hizo bien las señales de focos. Luisón se desató en insultos. Estaba enfurecido. Acabó quejándose:

—Luego la culpa es de nosotros. Luego..., si lo que hay es mucho... por la carretera.

Noche plena de Castilla. La luna llevaba el halo del frío. Un campo sin aristas, sin sombras, sin planos.

Anchorena se echó en la litera.

—Voy a dormir un rato.

Luisón María no habló.

—Al amanecer me das un aviso.

Anchorena se movió en la litera, pegó la cara a la colchoneta.

—Esto huele a diablos.

Luisón María aceleró el motor. Anchorena advirtió:

—Vamos bien de tiempo.

Delante del camión, la carretera tenía el color del álamo blanco. Abría el camión el silencio grave de la Castilla nocturna, de la Castilla cristalizada y blanca. Luisón María pensaba en los amigos de la carretera: Iñaqui con fiebre, Martiricorena con sueño, más allá de Lerma, cercanos tal vez a Aranda de Duero. La respiración profunda de Severiano llenaba de calma la cabina.

El contador de velocidad marcaba ochenta. Iban por la llana de Burgos. Luisón pensaba.

Luisón pensaba en el oficio. Frío, calor, daba igual. Dormir o no dormir, daba igual. Les pagaban para que, con frío y calor, con sueño y sin sueño, estuvieran en la carretera. Mal oficio. A los cuarenta años, en dos horas de camión, la tiritera. A los cincuenta, un glorioso arrastre al taller contando con la suerte. Al taller con los motores deshechos, con las cubiertas gastadas. Con los chismes de mal arreglo.

Disminuyó la velocidad. Volvió un poco la cabeza y Anchorena se arrancó de su duermevela.

—¿Qué?

—No he dicho nada; duerme.

—¿Vamos bien?

—Va todo bien.

Anchorena se desperezó en la litera. Dijo:

—No tengo sueño; parece que voy a coger el sueño, pero no me duermo.

Durmiendo en el camión se notaban los aumentos y disminuciones de velocidad, los cambios. Había como un sobresalto acompañado siempre de la misma pregunta:

—¿Qué?

Y la misma invariable respuesta:

—Todo va bien.

Hasta el amanecer apenas se cruzarían con coches. Desde el amanecer habría que abrir bien los ojos. Coches, tal vez un poco de niebla, la luz lívida que hace todo indefinido y confuso...

—Estaba pensando —dijo Severiano— en ese asunto de Martiricorena. Yo creo que lo sustituyen antes de fin de año.

—Puede que no.

Bajó de la litera y se sentó muy arrimado a la portezuela, apoyando el codo en el reborde de la ventanilla. Dijo:

—Se destempla uno si se echa; es casi mejor aguantar sentado.

Contempló la noche blanca.

—Debe hacer un frío como para andar a gatos.

Los ojos de Luisón tenían la misma vacua serenidad y fijeza de los faros del camión. Severiano le miró a la cara. Guardó silencio. Luego preguntó:

—¿En qué piensas, hombre?

—En nada.

Severiano se arrellanó en el asiento, cerró los ojos. La cabeza le hacía una continua y leve afirmación con el movimiento de la marcha.

Pasaron Lerma.

Pasaron Quintanilla, nombre danzarín. Bahabón, como un profundo suspiro en el sueño profundo. Bahabón entre dos ríos: Cobos y Esgueva. En Gumiel de Hizán la carretera tiene un reflejo azulenco de armadura. Por las calles de Aranda van dos borrachos escandalizando, chocando sus sombras, desafiando los cantones; por los campos de Aranda va el Duero, callado, llevándose las sombras de las choperas, patinando en las represas.

En Aranda, el kilómetro 313.

Severiano y Luisón miraban la carretera fijamente. Entre ellos, por su silencio, pasaba el tiempo. Severiano dijo de pronto:

—En el puerto habrá niebla pegada a la carretera.

—Martiricorena irá ya al pie del puerto.

—Iñaqui estará deseando llegar... ¿Te has dado cuenta alguna vez que en el viaje, cuando se está malo, el camino alarga el tiempo?

21

—Ya...

—Cuando llegas donde vas te desinflas del todo. Entonces te quedas para el arrastre, te quedas bien molido.

Anchorena calló. Le vencía la modorra de la desocupación de la noche. Había escuchado sus propias palabras como si no fueran suyas.

Habían dejado atrás Milagros, Pardilla, Honrubia, Carabias. Viajaban hacia Fresno de la Fuente. Luisón tenía el pensamiento en blanco. Seguía atentamente el rumio del motor.

De Fresno a Cerezo, cambio de temperatura, cambio de altura, cambio de velocidad. El camión ascendía lentamente hacia los escarpados de Somosierra. La luna, desde Cerezo, regateaba por las cimas. La carretera estaba vendada de una niebla rastrera.

En lo alto de Somosierra no había niebla. El camión, al cambio de velocidad, pareció tomar, hacer acopio de una nueva fuerza.

Anchorena miró hacia el cielo.

—Dentro de poco —dijo— comenzará a amanecer.

Luisón agachó la cabeza sobre el volante. Afirmó:

—Por Buitrago, las claras, seguro.

Descendían Somosierra.

III

Canturreaba Luisón. Sonreía Anchorena.

El cielo tomaba ya un color grisáceo, casi imperceptible.

—A las ocho en el catre —dijo Severiano—. En cuanto encerremos, derechito a la cama.

—En cuanto encerremos nos tomamos unos orujos y un café bien caliente, y nuevos.

Repitió Luisón:

—Nuevos, Severiano.

—No me muevo de la cama hasta las seis.

—Ya nos amolarán con alguna llamada.

—Pues no me muevo.

—Ya estará Sebastián preparándonos faena.

—Pues la higa a Sebastián. Me quedo hasta las seis.

Anchorena bajaba la cabeza para contemplar el cielo. La tierra estaba en el momento de tomar color; en el incierto y apresurado roce de la madrugada y el amanecer. Se sentía el campo a punto de despertar.

Anchorena recogió del suelo de la cabina el periódico infantil. Lo abrió por cualquier página.

—Estos tíos —dijo— dibujan bien. ¿Eh, Luisón?

—Hay algunos muy buenos.

—Tienen que ganar mucho. Esto se debe pagar bien. Todos los chavales compran esta mercancía.

—Los hacen en Barcelona.

—Qué cosas tienen los catalanes, ¿eh? Es un buen sacadineros.

Anchorena curioseaba el periódico.

—Esto tiene gracia. Este chiste de la suegra. Lo voy a guardar para enseñárselo a mi mujer. Tiene gracia...

Por el cielo se extendía un cárdeno color que se iba aclarando.

Luisón conducía alegremente. Preguntó a Anchorena:

—¿No oyes ese ruido quejado? Hay que echarle esta tarde, a primera hora, una buena ojeada al motor.

23

—Deben ser los filtros. Ya veremos.

—Los filtros o lo que sea. Ya veremos.

Se sucedían las curvas. Luisón tomó una muy cerrada.

—Cuidado —advirtió Anchorena—. Cuidado, y vete despacio. Hay tiempo. De Buitrago abajo podemos ganar mucho.

Las luces de controles habían reducido su campo. Apenas eran ya unos botones de luz o unos halos casi inapreciables en torno de las esferas. Luisón apagó los faros.

—A media luz.

—Buitrago está en seguida.

Luisón se acomodó en el asiento. Apretó el acelerador. Anchorena gozaba pensando en el chiste que le iba a enseñar a su mujer. Pensaba decirle: «Igual que tu madre, Carmen, igual...». Su mujer no se iba a reír. Su mujer iba a decir: «Estás chocholo, Severiano; lo que te faltaba, leer periódicos de críos». Anchorena se iba a reír mucho, mucho.

Embocaron una breve recta. Al fondo, una figura en la mitad de la carretera les hacía indicaciones con las manos.

—Un accidente —dijo Anchorena—, seguro.

—Es un guardia —dijo Luisón.

Luisón fue frenando hasta ponerse a la altura del guardia. Anchorena bajó el cristal de la ventanilla. Preguntó:

—¿Qué ha pasado?

La voz del guardia le llegaba baja y bronca a Luisón:

—Ahí, en la curva..., un camión volcado..., poco sitio para pasar... Vayan despacio..., hasta que venga la grúa el paso va a ser muy difícil.

Luisón arrancó lentamente. Tomó la curva con precaución. Anchorena abrió la portezuela.

—Para, Luisón, para, que es Martiricorena.

El camión estaba oblicuo a la línea de la carretera, dejando solamente un estrecho paso. Había chocado contra la tierra del cortado para evitar el terraplén. Gran parte de la carga yacía derramada. Algunas cajas de pescado estaban reventadas. El camión volcado había patinado un trecho sobre la carga. El asfalto brillaba casi fosfórico de la pesca aplastada. Un cabo de la Guardia Civil hacía plantón junto al desastre.

—Los conductores, ¿dónde están los conductores? —dijo Anchorena.

El guardia fue seco en su contestación.

—Al pueblo... Uno muy grave...

Anchorena subió al camión. Balbuceó:

—Uno muy grave. Los han llevado a Buitrago.

Entraron en Buitrago. Pararon en el surtidor de gasolina. En la puerta del bar había tres personas que comenzaron a gritar a un tiempo haciéndoles señas con las manos.

—Para Madrid. Los han llevado para Madrid...

Se acercaron.

—¿Cuándo fue? —preguntó Luisón.

Dijo uno:

—Cosa de cuarenta minutos, ¿verdad, tú? Se debieron cruzar...

Intervenía otro:

—Los trajo un turismo..., oímos el ruido..., estábamos preparando...

Aclaraba el primero:

—Los han llevado para Madrid. El más viejo parecía grave, ¿verdad, tú? El otro no tenía más que rasguños, el golpe y mucho susto...

Terciaba el último:

—Ya llevaba lo suyo... Buena bofetada se han dado... El viejo iba desmayado..., con los ojos como de irse acabando... Han tirado con ellos para Madrid...

El primero explicaba:

—Aquí poco se podía hacer.

Luisón y Anchorena se despidieron.

El camión marchaba a gran velocidad. Luisón apretaba las manos sobre el volante. Las peñas altas se recortaban en el cielo azul gris. Buitrago, oscuro, manchaba de sombra el azogue de los embalses. Buitrago, oscuro, tenía a la puerta de un bar una tertulia.

—Son cosas que tienen que ocurrir... Van lanzados... y eso tiene que ocurrir...

—Mira tú, que esa curva es muy mala, que en esa curva hará dos años, ¿te acuerdas?

—Es que creen que la carretera es para ellos solos, sólo para ellos. Luego ocurren las cosas...

Y un silencio.

—Con este frío se anuda uno... ¿Vamos para dentro?

—Están los amaneceres de invierno. Hay que echarse una copeja.

Uno movió la cabeza cachazudamente:

—Son cosas que tienen que ocurrir...

Luisón y Severiano no hablaban. Luisón y Severiano tenían los ojos en la carretera.

Nuria Barrios
Pinto-Hong Kong-Bali

CARACOL. (Tal vez de una raíz expresiva *cacar.* que designaría la cáscara de este molusco; o del lat. *cochleolus.*) m. Se llama así a diversas especies de moluscos gasterópodos terrestres o marinos, del género «Hélix», de concha en espiral, cuya carne suele comerse.

—Uno, dos, tres, cuatro… Uno, tres, cinco, siete, nueve… Quietos, por favor. Uno, tres, cinco… ¡Por favor!

Subido encima de las maletas que bloqueaban el pasillo del destartalado autobús, el conductor intentaba contar a los viajeros. Empezaba, se detenía abruptamente y volvía a comenzar al confundir los bultos de los equipajes con las personas y sus propios gritos con los de las bulliciosas mujeres indonesias, que ocupaban la mayoría de los asientos.

—Uno, dos, tres, cinco… ¡Otra vez! —el rostro del hombre desapareció tras su voluminoso antebrazo. Más que secarse el sudor, con aquel gesto parecía conjurar el presente para eliminarlo. En la sofocante penumbra brillaban las redondas pegatinas naranjas que todos, menos él, llevaban en el pecho. Ojos fosforescentes con una pupila negra que decía DELAY.

[di'lei]: 1. dilación, tardanza, retraso, demora. 2. detención, retención.

Los doscientos setenta y cinco pasajeros del vuelo Hong Kong-Singapur-Yakarta-Bali, que se apretujaban en cinco autocares, conocían bien ambos significados. En las últimas nueve horas, habían pasado de ser sujeto de la primera acepción, «retraso», a ser objeto de la segunda, «retención». Mientras aguardaban en la sala de embarque del aeropuerto, la ausencia de explicaciones oficiales había disparado los rumores sobre la bancarrota de la línea aérea. Alguien propuso hacer una colecta para llenar el depósito del avión. Pero, como la risa no sirve de carburante, lo único que se movió en aquella sala fue el reloj.

Así había pasado la mañana. Transcurrió la tarde. Era de noche cuando aparecieron tres azafatas. Las mujeres distribuyeron las pegatinas naranjas que los ocupantes del autocar llevaban ahora en sus camisas. El vuelo había sido cancelado. Nadie protestó. No es lo mismo la anulación que el retraso. Nadie preguntó. Más que víctimas parecían miembros de una nueva secta, los dóciles socios del club Delay. No ocurrió nada más. Los asiáticos se pusieron en cuclillas. Los escasos occidentales permanecieron de pie.

Todos esperaban.

Nadie sabía qué.

El humo de los cigarrillos daba al autobús un aspecto de timba clandestina. Con las rodillas en la barbilla y el cuerpo escorado como una percha de alambre, Manolo ejecutó el único movimiento que le era posible: giró la cabeza. Observó con desgana el autocar aparcado a su derecha.

El número de pasajeros también sobrepasaba con creces su capacidad. Entre las caras apiñadas distinguió con sorpresa la del británico. Aprisionado en aquel viejo vehículo, sólo el cristal de la ventanilla parecía contener su caída al asfalto. Había sido el primer pasajero en rebelarse ante el destino y el destino parecía haberse vengado ya de él. Hasta su alegre camisa de flores recordaba un ramo ajado.

Quebrando el silencio fatalista del club Delay, el amotinado se había dirigido en la sala a una de las tres azafatas:

—Sabemos que usted no es responsable de lo sucedido y que está haciendo todo lo posible por solucionar el problema, pero llevamos todo el día en el aeropuerto y nadie se ha hecho cargo aún de la situación —el pulcro uniforme azul y amarillo de la empleada contrastaba con el atuendo del hombre: camisa estampada con margaritas, bermudas tan rojas como su rostro y calcetines de colores que asomaban por las sandalias—. Le ruego que vaya a buscar al supervisor. Queremos hablar con él. Y dígale que si no acude vamos a montar un escándalo.

Aunque el británico vestía como si estuviera en una fiesta de disfraces, hablaba como un tribuno. El discurso ascendió glorioso, pero, pasada media hora sin que el supervisor acudiera, descendió hasta ser pisoteado, destruido, eliminado. Los orientales reanudaron su charla mientras los occidentales se miraban inquietos.

Manolo se removió en el asiento. Trató de desplazar la caja que tenía a los pies, pero no pudo. Aquel autocar carecía de espacio, de aire acondicionado y, si continuaba entrando gente, pronto carecería de oxígeno. Las parlanchinas indonesias eran como tubos de escape incontrolados. Aquellas bocas, contaminadas por el anhídrido carbónico que expulsaban sin interrupción, no tenían nada que ver con las que él esperaba encontrar en Bali. Imaginó la punta rosada de una lengua asomar por unos húmedos labios entreabiertos. Acababa de colocar las manos sobre la bragueta para disimular su erección, cuando un tipo pasó refunfuñando hacia el fondo del pasillo. Era el hombre de negocios chino. Seguía protestando, aunque sus pasadas exigencias ni siquiera le habían servido para conseguir asiento en aquel coche ruinoso:

—Tengo una reunión muy importante mañana, a las diez, en Singapur —había declarado solemne a la segunda azafata en la sala de embarque.

En las miradas fugaces que los asiáticos dirigieron en aquella ocasión al nuevo interlocutor, Manolo había sorprendido algo familiar. Unos días antes había visitado una barriada de Hong Kong donde se exponían pájaros cantores. Sus dueños acudían muy temprano, colgaban las jaulas de unas barras horizontales y se colocaban en cuclillas en torno a las aves. Entre trinos, pasaban la mañana fumando, charlando, comiendo… La escena parecía una hermosa variante china de la costumbre occidental de escapar de casa, con la excusa de pasear al perro, y quedar en la calle con los amigos. Sin embargo, en aquel melodioso círculo se ganaban y perdían fortunas. Con un lenguaje invisible, basado en las miradas y los sonidos, aquellos hombres comparaban, valoraban, compraban y vendían los pájaros. Eran como esos ríos que, tras una idílica superficie, ocultan un fondo turbulento.

—¡Una reunión muy-im-por-tan-te!

La empleada respondió al pasajero en chino, pero éste movió la cabeza, colérico, y continuó en inglés:

—Exijo un avión privado. ¡Lo-ek-si-jo!

Los pájaros más apreciados eran los más belicosos. Alternaban su canto con ataques: extendían las alas y se lanzaban, con el pico abierto, contra los barrotes que los separaban de sus vecinos. Si el pájaro agredido respondía con idéntica fiereza, su valor aumentaba y las negociaciones se intensificaban. Cuando hundía la cabeza en el plumón del pecho, su dueño recuperaba la jaula, la tapaba con una funda de tela y abandonaba el lugar.

Hacía rato que la segunda azafata había partido y el chino, desconcertado, aún aguardaba. Su pálida calva destacaba sobre el oscuro azul de su traje cruzado. La tensión, que había aumentado en la sala durante unos instantes, cayó. Uno de esos picos en la corriente eléctrica que tan rápido como vienen, se van. El pasajero se alejó cabizbajo.

Un norteamericano cortó entonces el paso a la última azafata.

—Usted no se va a librar de mí si no me trae un fax confirmando que mañana tengo plaza en un avión. Hasta que eso ocurra, de aquí no me muevo. Así de sencillo. Voy a elaborar una lista con aquellos que deseen idéntica confirmación. *Okay?*

—*Okay* —la voz de Manolo fue la única que se unió a la demanda. Los demás pasajeros se habían evaporado. Desaparecidos como el agua durante la marea baja—. ¿Dónde están los otros? —preguntó asombrado.

—No entiendo su inglés —contestó ásperamente el norteamericano. Vestía un atuendo deportivo que recordaba a Indiana Jones.

Manolo maldijo el instante en que había guardado el móvil en la maleta. No había querido ceder a la tentación de utilizarlo hasta que llegara el momento de llamar a Luis.

—Ahí le tienen —la azafata, como si fuera un hada realizando un deseo, extendió el brazo. En la esquina de la sala vacía apareció un oficial.

Tan pronto llegó junto a ellos, el supervisor se dirigió en chino a la mujer. Le hablaba con sequedad y ella respondía con la mirada baja. Cuando la empleada se alejó, él les sonrió. Su cara, bajo la blanca luz del aeropuerto, se contrajo como un trozo de papel arrugado.

—Me parece muy razonable su exigencia, pero el fax tardará una hora.

—Esperaré —replicó Indiana.

—Yo también —añadió Manolo, decidido a unir su destino al del yanqui.

—Escuchen, el fax tardará una hora como mínimo —el hombre subrayó las dos últimas palabras—. Les aconsejo que vayan al hotel que les hemos reservado. Los demás viajeros ya han salido. Si corren, puede que aún alcancen los autocares que les esperan en la puerta C. Yo comprendo su postura, pero hay casos peores: miren a esa pareja. Mañana por la mañana se casan en Singapur y no van a llegar a su propia boda.

Junto a uno de los mostradores, una joven china lloraba abrazada a un oso amarillo de peluche. A su lado, con los brazos colgando, estaba el novio. El supervisor se rió. Aquel sonido recordaba el rugido con el que los remolinos de agua tragan a sus víctimas. Sin mediar palabra, Manolo e Indiana echaron a correr en busca de los demás socios del club Delay.

Al atravesar la puerta C, Manolo se sintió como un atleta que, tras avanzar a toda velocidad por una pista rápida, tuviera que seguir la carrera sobre arena. Sin el aire acondicionado del aeropuerto, la noche tenía la consistencia pegajosa del algodón azucarado que venden en las ferias. Estaba solo. Tras él, una figura renqueante le hacía gestos a lo lejos. Al advertir que Indiana era cojo, la venganza había subido como una espuma blanca hasta llenarle el pecho. «¡Jódete!», pensó. Palpó la pegatina naranja sobre su camisa y siguió corriendo.

En el aparcamiento, los pasajeros se confundían en una gran mancha oscura que se movía, con la algarabía de un enjambre, entre autocares atestados. Evitó aquella nube negra y entró por la primera puerta abierta que encontró. No sabía adónde iba, ni dónde estaba su maleta, ni cuándo volvería al aeropuerto, pero había encontrado un asiento.

El conductor del autocar farfulló una cifra y se colocó al volante.

—¡En marcha! —gritó alguien.

—¡Adelante! —corearon los demás pasajeros.

Con un estremecimiento, el autobús se adentró en la noche. Atrás quedó el aeropuerto de Norman Foster como una sofisticada nave espacial detenida en medio de un páramo. La utopía moderna: un paraíso artificial situado en un lugar inexistente, con la fría temperatura de la eternidad, hecho de cristal para poder ser envidiado por quienes quedan fuera y dotado de un rígido código que exige estancias limitadas para garantizar el deslumbramiento. En el horizonte, Hong Kong aparecía cada vez más pequeña, cada vez más lejos. Como el norteamericano.

—¡Menuda nochecita! —un hombre calvo y corpulento se sentó a su izquierda y le tendió la mano con una sonrisa—: John Sukarpe, comerciante de telas. Soy de Yakarta.

—Manuel Bueres, ingeniero hidráulico, español.

—Ah, España, bonito país. He estado varias veces, pero siempre en Marbella. Negocios, ya sabe.

Dentro del autocar, el calor pegaba la ropa a los cuerpos, unos cuerpos a otros cuerpos, todos los cuerpos a los asientos. La noche era una sábana húmeda con el aroma dulzón de la fruta corrompida. Manolo respiró hondo. Así olía Hong Kong: a hacinamiento, a especias, a basura, a volutas de incienso ascendiendo desde los altares improvisados en las aceras hasta los neones gigantescos que cruzaban el cielo. Los autocares, en hilera, avanzaban por un largo puente.

—¿Sabe adónde vamos? —preguntó al gigante.

—Hacia China. A un hotel de los Nuevos Territorios, el Riverside Rivera.

—¿Y el avión?

—Pffff. Ya sabe, el tiempo en Oriente es distinto. Si cogemos uno mañana tendremos suerte. No se preocupe, el Rivera es un buen sitio para pasar el rato. Está lleno de chinos comunistas deseosos de lavar el dinero negro: hay juego, música, comida, mujeres... No nos aburriremos —Sukarpe se rió con ganas—. ¿Qué le ha traído aquí?

—Trabajo para una multinacional especializada en la instalación de fuentes cibernéticas. Acabamos de inaugurar una en el Gran Hotel Uyat. En el último momento surgió un problema y me enviaron desde la delegación europea para supervisar la reparación —Manolo llevaba sin hablar todo el día y las palabras estallaban ahora, desordenadas e impetuosas, como el agua de un grifo que ha permanecido largo tiempo cerrado—: Llevo en la empresa cinco meses y éste es mi primer destino en el extranjero. Hoy empezaban mis vacaciones.

—¿Adónde va?

—A Bali —Manolo miró el reloj—. A esta hora ya debía estar allí.

—¿Qué hotel ha reservado?

—El Sumatra.

El indonesio le miró con la misma codicia que una araña a su presa.

—Mmmm, muy bueno. Al Sumatra suelo enviar a mis mejores clientes. Hay unas chicas muy hermosas, muy... —Sukarpe parecía buscar la palabra adecuada—..., muy relajantes. Puedo darle un par de teléfonos que le ayudarán a olvidarse del estrés definitivamente. Aunque quizá usted ya conozca la isla.

—No, es la primera vez que visito Asia —aquella intimidad llena de sobreentendidos incomodaba a Manolo, que empezó a agitarse en el asiento—. Disculpe, John, estoy agotado, voy a intentar echar una cabezada.

—Descanse, descanse. Aunque es muy joven, va a necesitar todas su fuerzas —Sukarpe estalló en una risotada—. ¿Sabe cómo llaman al miembro masculino en Bali? ¡Caracol! Y esas chicas, se lo juro, son expertas en conseguir que el animal asome la cabeza. ¡Le envidio!

Caracol, col, col, saca los cuernos al sol... La imagen de los pequeños cuerpos arrastrándose y escupiendo una baba burbujeante hizo torcer el gesto a Manolo. Por la sucia ventanilla, vio la noche sucia, algunas sucias luces distantes, sucios carteles en chino. Hong Kong había desaparecido. Las sombras, como arenas movedizas, se habían tragado la isla y con ella al hervidero de gente que habitaba en sus calles: vendedores, cantantes de ópera en mangas de camisa, profesionales del karaoke, echadores de fortuna, viejos rebuscando en la basura, jugadores, borrachos... En algún lugar de las tinieblas, las mercancías estarían vibrando ahora bajo la luz de los quinqués. Cuernos de gamos, polvo de perlas, pene de cabrito, huevos conservados en orina de caballo... En Hong Kong se vendían remedios para avivar y apagar las pasiones, para sanar y dañar el cuerpo, para excitar y tranquilizar la mente. Aquel bazar inmenso encerraba todo lo que necesita un insomne. Todo, menos el sueño.

Un repentino olor a insecticida se pegó a su rostro. El gigante estaba rociándole con un pequeño ambientador.

—¿Qué hace? ¿Qué es eso?

—Feromonas de antílopes y pétalos de rosas blancas. Lo fabrican en un herbolario de Hong Kong: no elimina el mal olor, pero ayuda —Sukarpe señaló con gesto despectivo a las indonesias—. En cuanto llegue a Bali y huela a sus mujeres se olvidará de este estercolero. Carne de primera, se lo aseguro. Déjeme que le eche un poco más.

—Basta, por favor. ¡Basta!

El indonesio, ofendido, farfulló algo y empapó un pañuelo, que se aplicó a la nariz igual que una máscara. La débil luz anaranjada de los postes daba a la noche un matiz opaco. Mientras el autocar traqueteaba, el rostro de Manolo aparecía y desaparecía como un espectro en el cristal de la ventanilla. Vislumbró unos farolillos rojos y ya no pudo separar la vista de ellos. Igual que aquella noche en Madrid, hacía ya seis años, cuando dejó la carretera principal para seguir el luminoso rojo con el nombre del puticlub, DESIRÉ. Al neón se le habían fundido las primeras letras y sólo se leía: IRÉ. Cerró los párpados y, en la oscuridad, sus recuerdos reptaron hasta la superficie.

—¿Tienes el legalito?

Sobre la colcha de ganchillo verde había un oso amarillo de peluche. Manolo sacó el dinero con mano temblorosa. Era la última mensualidad que le habían enviado sus padres al colegio mayor. Ella le guiñó un ojo:

—Calma, caliño, que La China te va a hacel gozal.

La China era de Pinto, pero tenía frenillo y convertía en eles las erres.

—Ahola mismo vuelvo. Voy a pol jabón pala lavalte.

La mujer cerró la puerta con un golpe seco. Cada vez más nervioso, Manolo dio un par de pasos, tropezó y cayó junto al bidé. Bajo la luz rojiza de la lámpara, la porcelana blanca parecía rosa. En el fondo correteaban tres enormes cucarachas. No esperó más. Mandó al diablo la apuesta, a Luis y a Emilio, su primer polvo, su orgullo y escapó como una exhalación. Había llovido y los caracoles, que llenaban el camino, estallaban a su paso como vidrios rotos. Aquellos pálidos cuerpos viscosos se aferraban a sus pies con la fuerza de las ventosas y le hundían en el suelo, impidiéndole avanzar. Cuando llegó al coche, empapado en sudor, llevaba una tonelada de barro adherida a las suelas de los zapatos.

—¡Ya hemos llegado! —la voz de Sukarpe arrancó a Manolo del pasado.

Dos leones dorados flanqueaban la entrada del Riverside Rivera. En el techo de recepción, tres grandes espejos circulares multiplicaban al infinito las bombillas de colores que descendían en cascada, las nubes pintadas, las fuentes, los televisores, los árboles artificiales, los estandartes, los carteles de Roma y las grandes rosas rojas de la moqueta verde. Aquel hotel, híbrido de un casino de Las

Vegas y un burdel de carretera, recibía por el cielo y por la tierra, por abajo y por arriba, a los marchitos pasajeros del vuelo Hong Kong-Singapur-Yakarta-Bali.

Eran las dos de la mañana cuando Manolo entró en su habitación. Se duchó con agua fría y subió el aire acondicionado al máximo, como si aquella temperatura de morgue pudiera separar la realidad y las visiones, los deseos y las pesadillas, el pasado y el futuro que su cansancio unía y prolongaba en delirios febriles. Desnudo sobre las sábanas amarillas, se masturbó para tranquilizarse. Con la mano sobre el vientre húmedo y los dedos pegados a la piel, se durmió. El semen resbalaba cálido por su cuerpo con la lentitud con que los caracoles van dibujando su línea de baba. En el sueño, sintió el aliento de La China bajar por su torso. La mujer abrió la cremallera e introdujo una mano en su bragueta. Manolo se estremeció.

Despertó aterido. Apagó el aire acondicionado, fue al servicio y, a oscuras, orinó en el lavabo. El hotel estaba en silencio. Agotado, cerró los ojos de nuevo. La China le esperaba. Estaba arrodillada y con una mano sujetaba su polla como si fuese un pajarito.

—¡Ay, qué lico! —le dijo sonriendo. Con la mano libre sacó de su moño un alfiler largo y puntiagudo—. ¡Me lo voy a comel entelo!

El hombre advirtió aterrorizado que su pene era un enorme caracol. El caparazón cedió en el puño de la mujer con un crujido. Manolo salió huyendo sin saber qué había sentido antes, si el ruido o el dolor. Los alaridos de la mujer alertaron al gigante indonesio, que se lanzó tras él. Estaba perdido: su cuerpo iba dejando una línea de baba que brillaba en el suelo como la soga de un ahorcado. El timbrazo del teléfono la cortó de un tajo. Eran las cinco de la mañana. Los autocares estaban listos en recepción.

El aeropuerto le recibió refrigerado, deslumbrante, paradisíaco. En Bali le esperaban sensuales adolescentes y un móvil para describir a Luis cada polvo, cada detalle, y recuperar así el orgullo y, con el orgullo, el instinto. Sintió el voraz apetito del carnívoro cuando huele su presa. Con un gesto automático se llevó las manos a la bragueta al ver al indonesio aproximarse. Sukarpe le guiñó un ojo y se alejó mientras le señalaba el pecho. Manolo tiró con desaliento la pegatina. En el suelo, los redondos papeles naranjas parecían ojos ciegos, caracoles rotos por las pisadas de los viajeros que iban llegando al aeropuerto.

DELAY.

Aplazado.

Aplazado.

Aplazado, aplazado, aplazado...

Mario Benedetti
Sobre el éxodo

Es obvio que el éxodo empezó por razones políticas. En el extranjero los periodistas empezaron a escribir que en el paisito la atmósfera era irrespirable. Y en verdad era difícil respirar. Los periodistas extranjeros siguieron escribiendo que allí la represión era monstruosa. Y realmente era monstruosa. Pero el hecho de que esas verdades fueran recogidas y difundidas por periodistas foráneos, dio pie a las autoridades para una inflamada invocación al orgullo nacional. El error gubernamental fue quizá haber puesto la invocación en boca del presidente, ya que, en los últimos tiempos, no bien asomaba en los receptores de radio y las pantallitas de televisión la voz y/o la imagen del primer mandatario, la gente apagaba de apuro tales aparatos. De modo que los pobladores jamás llegaron a enterarse de la invocación al orgullo nacional que hacía el gobierno. Y en consecuencia se siguieron yendo.

Primero se fueron todos los sospechosos que andaban sueltos. Después se empezaron a ir los parientes y los amigos de los sospechosos [presos o sueltos]. Al principio, aunque eran muchos los que emigraban, siempre eran más los que iban a despedirlos a puertos y aeropuertos. Pero el día en que partió un barco con mil emigrantes y fueron despedidos por sólo venticuatro personas, el hecho insólito fue registrado por la indiscreta cámara de un fotógrafo extranjero, y la publicación de tal testimonio en un semanario de amplia circulación internacional dio lugar a una nueva invocación patriótica del presidente, y en consecuencia al momentáneo y preventivo apagón de los pocos receptores que aún contaban con radioescuchas y de las escasas pantallitas que aún tenían televidentes. Lo curioso fue que el gobierno no pudo verosímilmente castigar ese nuevo hábito, ya que, a partir de la crisis petrolera, había exhortado a la población a no escatimar sacrificios en el ahorro del combustible y por tanto de energía eléctrica. ¿Y qué mayor sacrificio [decía el pretexto popular] que privarse de escuchar la esclarecida y esclarecedora voz presidencial? No obstante, debido tal vez a esa circunstancia fortuita, el pueblo tampoco esta vez llegó a enterarse de que su orgullo patrio había sido invocado por el superior gobierno. Y siguió yéndose.

Cuando los sospechosos que andaban sueltos, más sus amigos y familiares, emigraron en su casi totalidad, entonces empezaron a irse los que pasaban hambre, que no eran pocos. La última encuesta Gallup había registrado que el porcentaje de hambrientos era de un 72,34%, comprobación importante sobre todo si se considera que el 27,66% restante estaba en su mayor parte integrado por militares, latifundistas, banqueros, diplomáticos, cuerpos de paz, mormones y agentes de la CIA. El de los hambrientos que se iban representó un contingente tanto o más importante que el de los sospechosos y «sospechosos de sospecha». Sin embargo, el gobierno no se dio por enterado y como contrapropaganda empezó a difundir, por los canales y emisoras oficiales, un tratamiento de comidas para adelgazar.

Cierto día circuló el rumor de que en Australia había gran demanda de obreros especializados. Inmediatamente se embarcaron rumbo a Oceanía unos treinta mil obreros, cada uno con su mujer, sus hijos y su especialización. Es sabido que, en cualquier lugar del mundo, los grandes industriales captan rápidamente las situaciones claves. Los del paisito también las captaron y, al comprender que sus fábricas no podían seguir produciendo sin la mano de obra especializada, desmontaron urgentemente sus planes y plantas industriales y se fueron con máquinas, dólares, musak, familia y amantes. En algunos contados casos dejaron en el país un solo empleado para que presentara la liquidación de impuestos, pero en cambio no dejaron ninguno para que la pagara.

Otro día circuló el rumor de que, también en Australia, había gran demanda de servicio doméstico. Inmediatamente se embarcaron rumbo a Sidney cuarenta mil sirvientas, mucamos, etc., incluido en el etcétera un ex mayordomo que estaba sin trabajo desde el secuestro del embajador británico. En las grandes familias de la oligarquía ganadera, las damas de cuatro a seis apellidos también captaron rápidamente la situación y, al comprender que, sin servicio doméstico, habrían tenido que ocuparse ellas mismas de la comida, la limpieza, el lavado de ropa [los lavaderos y tintorerías hacía meses que habían emigrado] y la higiene de letrinas y fregaderos, convencieron a sus maridos para que organizaran con urgencia el traslado familiar a algún país medianamente civilizado, donde al oprimir un botón de inmediato acudieran sirvientitas que hablaran inglés, francés, y no tuvieran piojos ni hijos naturales. Porque aquí, en el mejor de los casos, al llamado del timbre sólo aparecían los piojos. Y no se sabía por cuánto tiempo seguirían apareciendo.

Hay que reconocer que los militares fueron de los que se quedaron hasta el final. Por disciplina, claro, y además porque percibían suculentos gajes. En el momento oportuno, su voluntad de arraigo les había hecho emitir un comunicado especialmente optimista, en el que se señalaba que en el último año había disminuido en un 35,24% la cantidad de personas que habían sufrido accidentes de tránsito. Los periodistas extranjeros, con su habitual malevolencia, intentaron minimizar ese evidente logro, señalando que no constituía mérito alguno, ya que en el territorio nacional había cada vez menos gente para ser atropellada. El único diario que reprodujo este insidioso comentario fue clausurado en forma definitiva.

Sí, los militares [y los presos, claro, pero por otras razones] se quedaron hasta el final. Sin embargo, cuando el éxodo empezó a adquirir caracteres alarmantes, y los oficiales se encontraron con que cada vez les iba siendo más arduo encontrar gente joven para someterla a la tortura, y aunque a veces remediaban esa carencia volviendo a torturar a los ya procesados, también ellos, al encontrarse en cierta manera desocupados, empezaron a buscar pretextos para emigrar. Las becas que proporcionaba la gran nación del Norte para cursos de perfeccionamiento antiguerrillero en la zona del Canal, comenzaron a ser masivamente aceptadas. Aproximadamente la mitad de los oficiales en servicio fueron canalizados hacia el Canal. En cuanto a la mitad restante, se dividió en dos clanes que empezaron a luchar por el poder. Eso duró hasta que una tarde, un coronel medianamente lúcido reunió en el casino del cuartel a sus camaradas de armas y les zampó esta duda cruel: «¿A qué luchar por el poder si ya no queda nadie a quien mandar? ¿Sobre quién carajo ejerceremos ese poder?». El efecto de semejante duda filosófica fue que al día siguiente se embarcaron para el exterior el noventa por ciento de los oficiales que quedaban. Los que permanecieron [casi todos muy jóvenes, pertenecientes a las últimas promociones], felices de hallarse por fin sin jefes, intentaron organizar un partidito de fútbol en la plaza de armas, pero cuando advirtieron que el total de fieles servidores de la patria no alcanzaba a los veintidós que marca la reglamentación de la FIFA, decidieron suspender el partido. Y al día siguiente se fueron en el alíscafo.

El último de los militares en irse fue el director del Penal. Cuando se alejó, sin despedirse siquiera de los presos políticos [aunque sí de los delincuentes comunes], dejó el gran portón abierto. Durante una hora los presos no se atrevieron a acercarse. «Es una trampa para matarnos», dijo el más viejo. «Es un espejismo», dijo el más cegato. «Es la tortura psicológica», dijo el más enterado. Y estuvieron de acuerdo en no arriesgarse. Pero cuando transcurrió otra hora y desde afuera sólo venía el silencio, el más joven de los reclusos anunció: «Yo voy a salir». «¡Salgamos todos!», fue la respuesta masiva.

Y salieron. En las calles no se veía a nadie. Junto a un árbol hallaron dos revólveres y una metralleta abandonada. «Habría preferido encontrar un churrasco», dijo el más gordo, pero acaso por deformación profesional tomó uno de los revólveres. Y avanzaron, primero con cautela y luego con relativa intrepidez. «Se fueron todos», dijo el más viejo. «Ojalá hayan dejado también a las presas», dijo el más enterado. Y ante la carcajada general, agregó: «No sean mal pensados. Lo digo preocupado fundamentalmente en la tarea de repoblar el país». «¡Falluto! ¡Falluto!», gritaron varios.

Demoraron dos horas en llegar al Centro. En la plaza tampoco había nadie. El héroe de la Patria, desde su corpulento caballo de bronce, por primera vez en varios años tenía un aire optimista. También por primera vez el monumento no estaba decorado por los excrementos de las palomas, tal vez porque las palomas se habían ido.

El que llevaba el revólver empujó lentamente la gran puerta de madera y penetró con cierta parsimonia en la Casa de Gobierno. Los demás lo siguieron, un poco impresionados porque aquel edificio había sido algo inaccesible. En una habitación de la planta alta encontraron al presidente. De pie, silencioso, con las manos en los bolsillos del saco negro.

—Buenas tardes, presidente —dijo el más viejo. Disimuladamente alguien le alcanzó el revólver que recogieran durante la marcha.

—Buenas tardes —dijo el presidente.

—¿Por qué no se fue? —preguntó el más viejo.

—Porque soy el presidente.

—Ah.

Los ex reclusos se miraron con una sola pregunta en los ojos: «¿Qué hacemos con este tarado?». Pero antes de que nadie hallara una respuesta, el más viejo le alcanzó el arma al presidente.

—Señor, queremos pedirle un favor. Péguese un tiro.

El presidente tomó el arma y todos observaron que la mano le temblaba. Pero algunos lo atribuyeron a que fumaba demasiado.

—No sé si ustedes saben que soy cristiano. Y a los cristianos les está prohibido suicidarse.

—Bueno —dijo el más viejo—. Tampoco hay que ser tan esquemático. Es cierto lo que usted dice, pero hasta cierto punto. Usted es un cristiano, señor presidente, pero un cristiano de mierda, y a esa subespecie sí les está permitido suicidarse.

—¿Usted cree?

—Estoy seguro, señor —dijo el más viejo.

El presidente se sonó las narices y se acomodó el nudo de la corbata.

—¿Permiten por lo menos que me vende los ojos?

El más viejo miró a los demás.

—¿Le dejamos que se vende los ojos?

—¡Sí! ¡Que se los vende! —dijeron todos.

Como el blanco pañuelo del presidente estaba sucio por haberse sonado las narices, uno de los ex reclusos tomó una servilleta que había sobre una mesa, y con ella le vendó los ojos. El presidente alzó entonces su mano con el revólver, y antes de arrimarlo a la sien derecha, dijo con voz ronca:

—Adiós, señores.

—Adiós —dijeron todos, con los ojos secos, pero sin alegría.

El tiro sonó extraño. Como un proyectil que se hunde en paja podrida.

Aún resonaba la estela opaca del estampido, cuando empezaron a oírse los tamboriles de los primeros jóvenes que regresaban.

Julio Cortázar
Ómnibus

—Si le viene bien, tráigame *El Hogar* cuando vuel-
va —pidió la señora Roberta, reclinándose en el sillón
para la siesta. Clara ordenaba las medicinas en la mesita de
ruedas, recorría la habitación con una mirada precisa. No
faltaba nada, la niña Matilde se quedaría cuidando a la señora Roberta, la mucama estaba al corriente de lo necesario. Ahora podía salir, con toda la tarde del sábado para
ella sola, su amiga Ana esperándola para charlar, el té dulcísimo a las cinco y media, la radio y los chocolates.

A las dos, cuando la ola de los empleados termina de
romper en los umbrales de tanta casa, Villa del Parque se
pone desierta y luminosa. Por Tinogasta y Zamudio bajó
Clara taconeando distintamente, saboreando un sol de no-
viembre roto por islas de sombra que le tiraban a su paso
los árboles de Agronomía. En la esquina de Avenida San
Martín y Nogoyá, mientras esperaba el ómnibus 168, oyó
una batalla de gorriones sobre su cabeza, y la torre flo-
rentina de San Juan María Vianney le pareció más roja
contra el cielo sin nubes, alto hasta dar vértigo. Pasó don
Luis, el relojero, y la saludó apreciativo, como si alabara
su figura prolija, los zapatos que la hacían más esbelta, su
cuellito blanco sobre la blusa crema. Por la calle vacía vino

remolonamente el 168, soltando su seco bufido insatisfecho al abrirse la puerta para Clara, sola pasajera en la esquina callada de la tarde.

Buscando las monedas en el bolso lleno de cosas, se demoró en pagar el boleto. El guarda esperaba con cara de pocos amigos, retacón y compadre sobre sus piernas combadas, canchero para aguantar los virajes y las frenadas. Dos veces le dijo Clara: «De quince», sin que el tipo le sacara los ojos de encima, como extrañado de algo. Después le dio el boleto rosado, y Clara se acordó de un verso de infancia, algo como: «Marca, marca, boletero, un boleto azul o rosa; canta, canta alguna cosa, mientras cuentas el dinero». Sonriendo para ella buscó asiento hacia el fondo, halló vacío el que correspondía a *Puerta de Emergencia*, y se instaló con el menudo placer de propietario que siempre da el lado de la ventanilla. Entonces vio que el guarda la seguía mirando. Y en la esquina del puente de Avenida San Martín, antes de virar, el conductor se dio vuelta y también la miró, con trabajo por la distancia pero buscando hasta distinguirla muy hundida en su asiento. Era un rubio huesudo con cara de hambre, que cambió unas palabras con el guarda, los dos miraron a Clara, se miraron entre ellos, el ómnibus dio un salto y se metió por Chorroarín a toda carrera.

«Par de estúpidos», pensó Clara entre halagada y nerviosa. Ocupada en guardar su boleto en el monedero, observó de reojo a la señora del gran ramo de claveles que viajaba en el asiento de delante. Entonces la señora la miró a ella, por sobre el ramo se dio vuelta y la miró dulcemente como una vaca sobre un cerco, y Clara sacó el espejito y estuvo en seguida absorta en el estudio de sus labios y sus cejas. Sentía ya en la nuca una impresión desagradable; la sospecha de otra impertinencia la hizo darse vuelta con rapidez, enojada de veras. A dos centímetros de su cara estaban los ojos de un viejo de cuello duro, con un ramo de margaritas componiendo un olor casi nauseabundo. En el fondo del ómnibus, instalados en el largo asiento verde, todos los pasajeros miraron hacia Clara, parecían criticar alguna cosa en Clara que sostuvo sus miradas con un esfuerzo creciente, sintiendo que cada vez era más difícil, no por la coincidencia de los ojos en ella ni por los ramos que llevaban los pasajeros; más bien porque había esperado un desenlace amable, una razón de risa como tener un tizne en la nariz (pero no lo tenía); y sobre su comienzo de risa se posaban helándola esas miradas atentas y continuas, como si los ramos la estuvieran mirando.

Súbitamente inquieta, dejó resbalar un poco el cuerpo, fijó los ojos en el estropeado respaldo delantero, examinando la palanca de la puerta de emergencia y su inscripción *Para abrir la puerta* TIRE LA MANIJA *hacia adentro y levántese,* considerando las letras una a una sin alcanzar a reunirlas en palabras. Lograba así una zona de seguridad, una tregua donde pensar. Es natural que los pasajeros miren al que recién asciende, está bien que la gente lleve ramos si va a Chacarita, y está casi bien que todos en el ómnibus tengan ramos. Pasaban delante del hospital Alvear, y del lado de Clara se tendían los baldíos en cuyo extremo lejano se levanta la Estrella, zona de charcos sucios, caballos amarillos con pedazos de soga colgándoles del pescuezo. A Clara la costaba apartarse de un paisaje que el brillo duro del sol no alcanzaba a alegrar, y apenas si una vez y otra se atrevía a dirigir una ojeada rápida al interior del coche. Rosas rojas y calas, más lejos gladiolos horribles, como machucados y sucios, color rosa vieja con manchas lívidas. El señor de la tercera ventanilla (la estaba mirando, ahora no, ahora de nuevo) llevaba claveles casi negros apretados en una sola masa continua, como una piel rugosa. Las dos muchachitas de nariz cruel que se sentaban adelante en uno de los asientos laterales, sostenían entre ambas el ramo de los pobres, crisantemos y dalias, pero ellas no eran pobres, iban vestidas con saquitos bien cortados, faldas tableadas, medias blancas tres cuartos, y miraban a Clara con altanería. Quiso hacerles bajar los ojos, mocosas insolentes, pero eran cuatro pupilas fijas y también el guarda, el señor de los claveles, el calor en la nuca por toda esa gente de atrás, el viejo del cuello duro tan cerca, los jóvenes del asiento posterior, la Paternal: boletos de Cuenca terminan.

Nadie bajaba. El hombre ascendió ágilmente, enfrentando al guarda que lo esperaba a medio coche mirándole las manos. El hombre tenía veinte centavos en la derecha y con la otra se alisaba el saco. Esperó, ajeno al escrutinio: «De quince», oyó Clara. Como ella: de quince. Pero el guarda no cortaba el boleto, seguía mirando al hombre que al final se dio cuenta y le hizo un gesto de impaciencia cordial: «Le dije de quince». Tomó el boleto y esperó el vuelto. Antes de recibirlo, ya se había deslizado livianamente en un asiento vacío al lado del señor de los claveles. El guarda le dio los cinco centavos, lo miró otro poco, desde arriba, como si le examinara la cabeza; él ni se daba cuenta, absorto en la contemplación de los negros claveles. El señor lo observaba, una o dos veces lo miró rápido y él se puso a devolverle la mirada; los dos movían la cabeza casi a la vez, pero sin provocación, nada más que mirándose. Clara seguía furiosa con las chicas de adelante, que la miraban un rato largo y después al nuevo pasajero; hubo un momento, cuando el 168 empezaba su carrera pegado al paredón de Chacarita, en que todos los pasajeros estaban mirando al hombre y también a Clara, sólo que ya no la miraban directamente porque les interesaba más el recién llegado, pero era como si la incluyeran en su mirada, unieran a los dos en la misma observación. Qué cosa estúpida esa gente, porque hasta las mocosas no eran tan chicas, cada uno con su ramo y ocupaciones por delante, y portándose con esa grosería. Le hubiera gustado prevenir al otro pasajero, una oscura fraternidad sin razones crecía en Clara. Decirle: «Usted y yo sacamos boleto de quince», como si eso los acercara. Tocarle el brazo, aconsejarle: «No se dé por aludido, son unos impertinentes, metidos ahí detrás de las flores como zonzos». Le hubiera gustado que él viniera a sentarse a su lado, pero el muchacho —en realidad era joven, aunque tenía marcas duras en la cara— se había dejado caer en el primer asiento libre que tuvo a su alcance. Con un gesto entre divertido y azorado se empeñaba en devolver la mirada del guarda, de las dos chicas, de la señora con los gladiolos; y ahora el señor de los claveles rojos tenía vuelta la cabeza hacia atrás y miraba a Clara, la miraba inexpresivamente, con una blandura opaca y flotante de piedra pómez. Clara le respondía obstinada, sintiéndose como hueca; le venían ganas de bajarse (pero esa calle, a esa altura, y total por nada, por no tener un ramo); notó que el muchacho parecía inquieto, miraba a un lado y al otro, después hacia atrás, y se quedaba sorprendido al ver a los cuatro pasajeros del asiento posterior y al anciano del cuello duro con las margaritas. Sus ojos pasaron por el rostro de Clara, deteniéndose un segundo en su boca, en su mentón; de adelante tiraban las miradas del guarda y las dos chiquilinas, de la señora de los gladiolos, hasta que el muchacho se dio vuelta para mirarlos como aflojando. Clara midió su acoso de minutos antes por el que ahora inquietaba al pasajero. «Y el pobre con las manos vacías», pensó absurdamente. Le encontraba algo de indefenso, solo con sus ojos para parar aquel fuego frío cayéndole de todas partes.

Sin detenerse el 168 entró en las dos curvas que dan acceso a la explanada frente al peristilo del cementerio. Las muchachitas vinieron por el pasillo y se instalaron en la puerta de salida; detrás se alinearon las margaritas, los gladiolos, las calas. Atrás había un grupo confuso y las flores olían para Clara, quietita en su ventanilla pero tan aliviada al ver cuántos se bajaban, lo bien que se viajaría en el otro tramo. Los claveles negros aparecieron en lo alto, el pasajero se había parado para dejar salir a los claveles negros, y quedó ladeado, metido a medias en un asiento vacío delante del de Clara. Era un lindo muchacho, sencillo y franco, tal vez un dependiente de farmacia, o un tenedor de libros, o un constructor. El ómnibus se detuvo suavemente, y la puerta hizo un bufido al abrirse. El muchacho esperó que bajara la gente para elegir a gusto un asiento, mientras Clara participaba de su paciente espera y urgía con el deseo a los gladiolos y a las rosas para que bajasen de una vez. Ya la puerta abierta y todos en fila, mirándola y mirando al pasajero, sin bajar, mirándolos entre los ramos que se agitaban como si hubiera viento, un viento de debajo de la tierra que moviera las raíces de las plantas y agitara en bloque los ramos. Salieron las calas, los claveles rojos, los hombres de atrás con sus ramos, las dos chicas, el viejo de las margaritas. Quedaron ellos dos solos y el 168 pareció de golpe más pequeño, más gris, más bonito. Clara encontró bien y casi necesario que el pasajero se sentara a su lado, aunque tenía todo el ómnibus para elegir. Él se sentó y los dos bajaron la cabeza y se miraron las manos. Estaban ahí, eran simplemente manos; nada más.

—¡Chacarita! —gritó el guarda.

Clara y el pasajero contestaron su urgida mirada con una simple fórmula: «Tenemos boletos de quince». La pensaron tan sólo, y era suficiente.

La puerta seguía abierta. El guarda se les acercó.

—Chacarita —dijo, casi explicativamente.

El pasajero ni lo miraba, pero Clara le tuvo lástima.

—Voy a Retiro —dijo, y le mostró el boleto. Marca marca boletero un boleto azul o rosa. El conductor estaba casi salido del asiento, mirándolos; el guarda se volvió indeciso, hizo una seña. Bufó la puerta trasera (nadie había subido adelante) y el 168 tomó velocidad con bandazos coléricos, liviano y suelto en una carrera que puso plomo en el estómago de Clara. Al lado del conductor, el guarda se tenía ahora del barrote cromado y los miraba profundamente. Ellos le devolvían la mirada, se estuvieron así hasta la curva de entrada a Dorrego. Después Clara sintió que el muchacho posaba despacio una mano en la suya, como aprovechando que no podían verlo desde adelante. Era una mano suave, muy tibia, y ella no retiró la suya pero la fue moviendo despacio hasta llevarla más al extremo del muslo, casi sobre la rodilla. Un viento de velocidad envolvía al ómnibus en plena marcha.

—Tanta gente —dijo él, casi sin voz—. Y de golpe se bajan todos.

—Llevaban flores a la Chacarita —dijo Clara—. Los sábados va mucha gente a los cementerios.

—Sí, pero…

—Un poco raro era, sí. ¿Usted se fijó…?

—Sí —dijo él, casi cerrándole el paso—. Y a usted le pasó igual, me di cuenta.

—Es raro. Pero ahora ya no sube nadie.

El coche frenó brutalmente, barrera del Central Argentino. Se dejaron ir hacia adelante, aliviados por el salto a una sorpresa, a un sacudón. El coche temblaba como un cuerpo enorme.

—Yo voy a Retiro —dijo Clara.

—Yo también.

El guarda no se había movido, ahora hablaba iracundo con el conductor. Vieron (sin querer reconocer que estaban atentos a la escena) cómo el conductor abandonaba su asiento y venía por el pasillo hacia ellos, con el guarda copiándole los pasos. Clara notó que los dos miraban al muchacho y que éste se ponía rígido, como reuniendo fuerzas; le temblaron las piernas, el hombro que se apoyaba en el suyo. Entonces aulló horriblemente una locomotora a toda carrera, un humo negro cubrió el sol. El fragor del rápido tapaba las palabras que debía estar diciendo el conductor; a dos asientos del de ellos se detuvo, agachándose como quien va a saltar. El guarda lo contuvo prendiéndole una mano en el hombro, le señaló imperioso las barreras que ya se alzaban mientras el último vagón pasaba con un estrépito de hierros. El conductor apretó los labios y se volvió corriendo a su puesto; con un salto de rabia el 168 encaró las vías, la pendiente opuesta.

El muchacho aflojó el cuerpo y se dejó resbalar suavemente.

—Nunca me pasó una cosa así —dijo, como hablándose.

Clara quería llorar. Y el llanto esperaba ahí, disponible pero inútil. Sin siquiera pensarlo tenía conciencia de que todo estaba bien, que viajaba en un 168 vacío aparte de otro pasajero, y que toda protesta contra ese orden podía resolverse tirando de la campanilla y descendiendo en la primera esquina. Pero todo estaba bien así; lo único que sobraba era la idea de bajarse, de apartar esa mano que de nuevo había apretado la suya.

—Tengo miedo —dijo, sencillamente—. Si por lo menos me hubiera puesto unas violetas en la blusa.

Él la miró, miró su blusa lisa.

—A mí a veces me gusta llevar un jazmín del país en la solapa —dijo—. Hoy salí apurado y ni me fijé.

—Qué lástima. Pero en realidad nosotros vamos a Retiro.

—Seguro, vamos a Retiro.

Era un diálogo, un diálogo. Cuidar de él, alimentarlo.

—¿No se podría levantar un poco la ventanilla? Me ahogo aquí adentro.

Él la miró sorprendido, porque más bien sentía frío. El guarda los observaba de reojo, hablando con el conductor; el 168 no había vuelto a detenerse después de la barrera y daban ya la vuelta en Cánning y Santa Fe.

—Este asiento tiene ventanilla fija —dijo él—. Usted ve que es el único asiento del coche que viene así, por la puerta de emergencia.

—Ah —dijo Clara.

—Nos podríamos pasar a otro.

—No, no —le apretó los dedos, deteniendo su movimiento de levantarse—. Cuanto menos nos movamos mejor.

—Bueno, pero podríamos levantar la ventanilla de adelante.

—No, por favor, no.

Él esperó, pensando que Clara iba a agregar algo, pero ella se hizo más pequeña en el asiento. Ahora lo miraba de lleno para escapar a la atracción de allá adelante, de esa cólera que les llegaba como un silencio o un calor. El pasajero puso la otra mano sobre la rodilla de Clara, y ella acercó la suya y ambos se comunicaron oscuramente por los dedos, por el tibio acariciarse de las palmas.

—A veces una es tan descuidada —dijo tímidamente Clara—. Cree que lleva todo, y siempre olvida algo.

—Es que no sabíamos.

—Bueno, pero lo mismo. Me miraban, sobre todo esas chicas, y me sentí tan mal.

—Eran insoportables —protestó él—. ¿Usted vio cómo se habían puesto de acuerdo para clavarnos los ojos?

—Al fin y al cabo, el ramo era de crisantemos y dalias —dijo Clara—. Pero presumían lo mismo.

—Porque los otros les daban alas —afirmó él con irritación—. El viejo de mi asiento con sus claveles apelmazados, con esa cara de pájaro. A los que no vi bien fue a los de atrás. ¿Usted cree que todos…?

—Todos —dijo Clara—. Los vi apenas había subido. Yo subí en Nogoyá y Avenida San Martín, y casi en seguida me di vuelta y vi que todos, todos…

—Menos mal que se bajaron.

Pueyrredón, frenada en seco. Un policía moreno se abría en cruz acusándose de algo en su alto quiosco. El conductor salió del asiento como deslizándose, el guarda quiso sujetarlo de la manga, pero se soltó con violencia y vino por el pasillo, mirándolos alternadamente, encogido y con los labios húmedos parpadeando. «¡Ahí da paso!», gritó el guarda con una voz rara. Diez bocinas ladraban en la cola del ómnibus, y el conductor corrió afligido a su asiento. El guarda le habló al oído, dándose vuelta a cada momento para mirarlos.

—Si no estuviera usted… —murmuró Clara—. Yo creo que si no estuviera usted me habría animado a bajarme.

—Pero usted va a Retiro —dijo él, con alguna sorpresa.

—Sí, tengo que hacer una visita. No importa, me hubiera bajado igual.

—Yo saqué boleto de quince —dijo él—. Hasta Retiro.

—Yo también. Lo malo es que si una se baja, después hasta que viene otro coche…

—Claro, y además a lo mejor está completo.

—A lo mejor. Se viaja tan mal, ahora. ¿Usted ha visto los subtes?

—Algo increíble. Cansa más el viaje que el empleo.

Un aire verde y claro flotaba en el coche, vieron el rosa viejo del Museo, la nueva Facultad de Derecho, y el 168 aceleró todavía más en Leandro N. Alem, como rabioso por llegar. Dos veces lo detuvo algún policía de tráfico, y dos veces quiso el conductor tirarse contra ellos; a la segunda, el guarda se le puso por delante, negándose con rabia, como si le doliera. Clara sentía subírsele las rodillas hasta el pecho, y las manos de su compañero la desertaron bruscamente y se cubrieron de huesos salientes, de venas rígidas. Clara no había visto jamás el paso viril de la mano al puño, contempló esos objetos macizos con una humilde confianza casi perdida bajo el terror. Y hablaban todo el tiempo de los viajes, de las colas que hay que hacer en Plaza de Mayo, de la grosería de la gente, de la paciencia. Después callaron, mirando el paredón ferroviario, y su compañero sacó la billetera, la estuvo revisando muy serio, temblándole un poco los dedos.

—Falta apenas —dijo Clara, enderezándose—. Ya llegamos.

—Sí. Mire, cuando doble en Retiro, nos levantamos rápido para bajar.

—Bueno. Cuando esté al lado de la plaza.

—Eso es. La parada queda más acá de la torre de los Ingleses. Usted baja primero.

—Oh, es lo mismo.

—No, yo me quedaré atrás por cualquier cosa. Apenas doblemos yo me paro y le doy paso. Usted tiene que levantarse rápido y bajar un escalón de la puerta; entonces yo me pongo atrás.

—Bueno, gracias —dijo Clara mirándolo emocionada, y se concentraron en el plan, estudiando la ubicación de sus piernas, los espacios a cubrir. Vieron que el 168 tendría paso libre en la esquina de la plaza; temblándole los vidrios y a punto de embestir el cordón de la plaza, tomó el viraje a toda carrera. El pasajero saltó del asiento hacia adelante, y detrás de él pasó veloz Clara, tirándose escalón abajo mientras él se volvía y la ocultaba con su cuerpo. Clara miraba la puerta, las tiras de goma negra y los rectángulos de sucio vidrio; no quería ver otra cosa y temblaba horriblemente. Sintió en el pelo el jadeo de su compañero, los arrojó a un lado la frenada brutal, y en el mismo momento en que la puerta se abría el conductor corrió por el pasillo con las manos tendidas. Clara saltaba ya a la plaza, y cuando se volvió su compañero saltaba también y la puerta bufó al cerrarse. Las gomas negras apresaron una mano del conductor, sus dedos rígidos y blancos. Clara vio a través de las ventanillas que el guarda se había echado sobre el volante para alcanzar la palanca que cerraba la Puerta. Él la tomó del brazo y caminaron rápidamente por la plaza llena de chicos y vendedores de helados. No se dijeron nada, pero temblaban como de felicidad y sin mirarse. Clara se dejaba guiar, notando vagamente el césped, los canteros, oliendo un aire de río que crecía de frente. El florista estaba a un lado de la plaza, y él fue a pararse ante el canasto montado en caballetes y eligió dos ramos de pensamientos. Alcanzó uno a Clara, después le hizo tener los dos mientras sacaba la billetera y pagaba. Pero cuando siguieron andando (él no volvió a tomarla del brazo) cada uno llevaba su ramo, cada uno iba con el suyo y estaba contento.

Luis Mateo Díez
El chopo

Dicen que en Carva fue un viajero, en Villamida un vagabundo y en Antil un mendigo. Más o menos en los tres sitios sucedió lo mismo y hasta podría pensarse que el viajero, el vagabundo y el mendigo se parecían más de la cuenta.

La verdad es que si se piensa un momento es fácil sacar la conclusión de que un viajero muy bien puede con el tiempo hacerse vagabundo y acabar de mendigo. Es como un destino más o menos absurdo o degradado, pero en los tres casos se va por la vida, se anda por el mundo y, al fin, se requiere la subsistencia de puerta en puerta.

Nadie recuerda cómo se llamaban, casi ni siquiera cómo eran. El que va y viene pierde la identidad en el camino o, mejor, sólo en él la alcanza.

Un viajero trae la maleta como contraseña. Dicen que bajó del coche de línea y llamó en la primera casa de Carva. Le abrió una chica joven que se llamaba Cericia y estaba recién casada. Al día siguiente se fue el marido de Cericia y, cuando en el pueblo se percataron, el viajero se había convertido en el hombre de aquella casa. Eso duró unos meses. Volvió el marido, se fue el viajero.

Un vagabundo trae las manos en los bolsillos y una colilla en los labios. Llamó a la puerta de la última casa de Villamida. Le abrió una niña vestida de luto. La niña vivía con su madre, que era una viuda joven que se llamaba Amarila. Sustituyó al marido muerto y por unos meses hizo de padre de aquella niña triste. El día que se fue lloraban la madre y la hija.

Un mendigo trae a la espalda el zurrón con los cuatro mendrugos de las limosnas. Se sentó en el poyo a la entrada de una alquería de Antil, y cuando la hija mayor de la casa, que se llamaba Oreda, le dijo que pasara si quería calentarse, dejó el zurrón y obedeció. Los padres de Oreda aceptaron al mendigo como si fuera su yerno y las hermanas lo consideraron su cuñado. Cuando murieron los padres y se casaron las hermanas, Oreda y el mendigo quedaron solos y dueños de la alquería. Para entonces ya tenían tres hijos. El mendigo desapareció una mañana de abril, cuando los hijos ya estaban criados.

En los tres casos, el viajero, el vagabundo y el mendigo hicieron lo mismo todos los días después de comer. Salían de casa, se acercaban al chopo más cercano, se sentaban apoyando la espalda en el tronco, fumaban un cigarro y suspiraban satisfechos.

Roberto Fontanarrosa
Dos en una moto

Yo estaba esperando el 207 ahí, en la esquina de Ingenieros y Avellaneda. Y los vi venir por Avellaneda, doblan-
do así por la curva que se abre allá, enfrente del estadio.
Venían para el centro. Bah... pensé que venían para el centro, como para el centro. Y, le juro, serían las ocho de la tarde, casi las ocho de la tarde y usted vio que a esa hora, en el
verano, todavía está claro pero el sol ya pega un poco de
refilón. Entonces, con los reflejos del sol sobre la moto,
y le digo más, sobre ellos mismos, tan rubios, yo lo único
que vi fue como un relumbrón, como si se acercara una bola de fuego. O una nave espacial. Era increíble. Podía ser
una nave espacial o incluso —usted se va a reír— uno de
esos caballeros medievales que brillan cuando les da el
sol de refilón porque están llenos de metal, de armaduras,
el escudo, los cascos, las lanzas. Y era más impresionante
—o tal vez a mí me impresionó— porque usted vio que estas motos de ahora no hacen ruido. Es increíble porque
levantan una velocidad impresionante pero van silen-
ciosas, parece que pasaran en zapatillas enfrente de uno
porque no hacen ruido. De cualquier modo, estos chicos
no venían rápido, porque ésa es la verdad, no venían rápido. Ni siquiera eso, ni siquiera eso se les podría haber

reprochado. Yo estaba esperando el ómnibus ahí, ya tenía las monedas en la mano, y ellos vienen con la moto así y, cuando corta el semáforo, vienen y se paran justo ahí, ahí, enfrente mío. Le aseguro que yo estaba, cómo decirle: impresionado. Porque eran hermosos, parecían dos de esos dioses griegos. No debían tener más de veintidós, veintitrés años. Uno, el que manejaba, tenía puesto en la cabeza un pañuelo tipo pirata, como los usan los chicos ahora, rojo creo que era, o naranja. Le diría que era el único detalle que llevaban, cómo decirle... a la moda. Sofisticado, digamos. Además de la moto, por supuesto. Porque después, iban en malla, esas mallas largas hasta la rodilla. El que manejaba iba en ojotas, el de atrás descalzo. El de atrás era el que llevaba bajo el brazo la tabla de *wind-surf*. No hablaban. Seguro estaban cansados de tanto hacer deporte en La Florida, o en la isla. Casi seguro que en la isla, que es más exclusivo. Debían jugar volley, sin duda. De esos pibes que además de ser jóvenes, fuertes y hermosos, juegan al volley y juegan bien, hacen *wind-surf* y lo hacen bien, juegan al rugby y lo juegan bien, hasta en una de ésas están en los Pumas y todo esos muchachos. El de atrás no tenía malla, ahora que me acuerdo. Tenía puesto un vaquero cortado todo roto. Y lo llevaba con el desparpajo con que sólo un tipo de guita puede llevar ropa rota, porque sabe que nadie va a pensar que usa eso porque no tiene plata. Usted a veces tiene una ropa media gastadita y ya la anda mezquinando a la vista porque no quiere que se note que uno anda en la mala. La gente de guita, no. No le importa. E iba descalzo, el de atrás iba descalzo. Los dos tenían, ¿vio?, esos físicos trabajados, pero trabajados sin exageración. Fibrosos. Esos chicos esbeltos,

bastante altos, de espaldas anchas, caderas estrechas y piernas finas y musculosas. Y esa vellosidad rubia en todo el
cuerpo, casi imperceptible, fina, pero que, le juro, al sol,
al rayo de refilón del sol, brillaba y parecía como si los dos
estuviesen plastificados, o como si tuviesen una aureola,
algo notable. No hablaban. Uno, el de adelante, giraba ape-
nitas el acelerador de la moto, esperando la luz verde, y el
motor ronroneaba como un gato. O como un perro al que
lo están haciendo enojar. El otro, el de atrás, el que llevaba
debajo del brazo la tabla de *wind-surf*, se acomodaba un
poco el pelo, nada más, que se le caía arriba de los ojos.
Cuando el semáforo les dio paso, arrancaron como para
seguir hacia el centro. Pero seguro que no iban para el
centro. Para mí que iban a tomar Córdoba hacia arriba,
hacia Fisherton, porque esos pibes con seguridad eran de
Fisherton. Y llegarían a una de esas casas muy hermosas
que hay en Fisherton, que ocupan casi un cuarto de man-
zana, con parque, perros adiestrados, de razas raras y un
par de autos en la puerta. Saludarían a vecinos amigos
antes de llegar a la casa, andando por esas calles tan anchas y llenas de árboles, porque todos los conocerían
a esos chicos... si han nacido allí. Y son buenos chicos.
Algo traviesos, como todos, pero buenos chicos. Estudio-
sos además. Porque uno mete a todos en la bolsa y supone
que estos pibes de familias ricas son medios pelotudos
o que están todos en la pavada, sólo preocupados por salir
con minas o por lucir las pilchas con las marcas de moda.
Pero no, seguro que éstos, además, son pendejos estudio-
sos o al menos el de adelante es muy estudioso y el otro
zafa, sin duda. Deportistas, sanos, ¿vio? Y al llegar a la casa, con seguridad el viejo de ellos —porque me parecieron

hermanos, le aclaro eso— estaría preparando un asado con algún amigo. De esos tipos que empiezan a hacer el fuego temprano, ¿no?, aunque el atardecer es la hora en que se vienen todos los mosquitos, pero a ellos les gusta empezar temprano, tomándose un whisky con algún amigo también medio veterano mientras comentan el partido de golf que han jugado a la tarde en el country o en el golf, seguramente. Digamos que la pileta de natación está ahí nomás y el perro adiestrado la recorre medio nervioso por el borde tirándole mordiscones a los mosquitos o mirando inquieto cómo revolotean los murciélagos, pero ellos, los tipos, el viejo de los chicos y el amigo no se meten al agua porque ya han vuelto del golf y se han bañado y ahora están de pantaloncito corto blanco con ribetes rojos marcando la entrada de los bolsillos y zapatillas Gap y remera de marca, charlando lo más piolas. Entonces, casi seguro, los chicos llegan, saludan, dejan la moto, la tabla de *windsurf* y van a darse una ducha. Casi siempre está por ahí la madre, también alguna amiga: siempre hay mucha gente en esas casas grandes, abiertas, alguna pendeja muy linda que es una vecina y que anda detrás del que maneja la moto pero éste no le da bola porque está de novio muy seriamente con otra mocosa que estudia para modelo. Y los pibes irían a salir esa noche, sin duda. Sábado, le recuerdo. Pero a salir de joda, no con las novias. Porque a veces en estas familias de dinero la cosa es así, medio rígida, aunque usted crea que es un viva la pepa. Está la novia para casarse y las minitas para encamarse, es como si estuviera establecido. Entonces los chicos hablan por teléfono con una, con otra, tranquilos, sobrando la situación, porque son ganadores, ¿me entiende?, son ganadores, pintones, educados, con guita, con buenas pilchas, con el auto último modelo que les presta el viejo con el bulincito en el centro que les presta el viejo o el tío, y no les calienta demasiado saber que al otro día a la mañana tienen que jugar un partido de rugby porque todavía físicamente se la aguantan, aunque salgan de joda. No hay con qué darles. No se los puede humillar, ni siquiera jugando al fútbol, eso es lo malo. Porque también juegan bien. Juegan bien, se lo garantizo. El que maneja por ahí es medio torpe con la pelota, pero es muy fuerte, rápido y no se cansa nunca. Usted le puede meter un túnel, otro, pero al final se la roba, se la chorea y a otra cosa. Y el de atrás directamente juega muy bien. Muy bien juega. Le pega fuerte y es hábil. Podría jugar en la Liga 25 de Mayo, le juro, que está llena de reos, y lucirse, mire lo que le digo. Y no arrugan. Porque están acostumbrados a los choques del rugby, a recibir y pegar callados. El de atrás es muy posible que se haya probado en Ñuls, de más chico, y haya jugado en inferiores un par de años. Largó después, por los estudios. Y porque lo del fútbol es muy duro, no jodamos, y estos pibes están acostumbrados a otra vida, a otra comodidad, a otros amigos incluso. Éstos han viajado más de una vez por Europa y los pobres pibes de las inferiores del fútbol llegan en general desde el campo, son medios primitivos, nobles, pero no saben hacer la «o» con el culo de un vaso. Y ahí, en el jardín de la casa, se ha hecho de noche, se han retirado un poco los mosquitos, se escucha el canto de los grillos. Y todo huele bien, ¿me entiende? En esos sitios todo huele bien. El césped recién cortado, los jazmines, el aroma de la carne asada. Por ahí no hay basurales cerca, ni chiqueros, ni agua servida de las zanjas. Y después de picar algo, está clavado que los pibes le dicen al viejo que van a salir. Los amigos del viejo los cargan; ya han comido, ¿vio?, y la madre les dice que se cuiden, todas las madres son iguales. El viejo posiblemente se levanta y deja el jardín para meterse en la casa por las puertas vidriadas bien grandes que están abiertas. Es una de esas casas muy amplias, con pisos de madera medio amarillita, en tablones entarugados bien largos que cuando uno camina ahí en zapatillas hacen un ruido como de gimoteos, un chirrido, un pellizco de ruido. Hay un segundo piso, escaleras, luces no muy estridentes, un par de siervas —que están en la casa desde hace una pila de años— preparando el postre. El viejo de los pibes les da la llave del Mazda rojo, les pregunta si tienen guita, les recomienda que no vayan rápido. Después, cuando el viejo vuelve a la mesa con el grupo de amigos, la madre le pregunta si los chicos habrán llevado forros y todos se ríen. Y, ¿vio?, yo supongo que los pibes se irían de joda con alguna de esas minitas que laburan en los shoppings, esas pendejas que están buenísimas y que por eso mismo las eligen para laburar. Que no son muy brillantes ni muy inteligentes pero que les gusta la joda y se enloquecen con un par de mocosos como estos chicos, con esa pinta, ese coche y alguna guita para gastar en la billetera, cosa que uno nunca ha tenido con demasiada frecuencia. Y seguro que después el coche saldría, primero por las calles de Fisherton casi desiertas a esa hora y no sé si los chicos no habrían encendido la radio para escuchar un poco de esta música moderna, quizás a un volumen alto que ni siquiera a ellos mismos les agrada. Pero es sábado a la noche, se van de joda, son jóvenes, tienen nafta en el tanque del Mazda y un mango en el bolsillo para gastar con las butiqueras. No le digo muy fuerte el volumen de la radio con música moderna, nada estruendoso, ni la mitad del estruendo que yo escuché a poco de que estos pibes superaran el semáforo de Ingenieros y Avellaneda y que me hizo dar vuelta para verlos como a cincuenta metros, rebotando los dos por el piso como pelotas y la moto deslizándose por el pavimento como un torpedo, pegando contra el cantero central del boulevard y levantando una cantidad de chispas que, le garanto, parecían despedidas de la colada del horno metalúrgico donde yo laburo.

Gabriel García Márquez
«Sólo vine a hablar por teléfono»

Una tarde de lluvias primaverales, cuando viajaba sola hacia Barcelona conduciendo un automóvil alquilado, María de la Luz Cervantes sufrió una avería en el desierto de los Monegros. Era una mexicana de veintisiete años, bonita y seria, que años antes había tenido un cierto nombre como actriz de variedades. Estaba casada con un prestidigitador de salón, con quien iba a reunirse aquel día después de visitar a unos parientes en Zaragoza. Al cabo de una hora de señas desesperadas a los automóviles y camiones de carga que pasaban raudos en la tormenta, el conductor de un autobús destartalado se compadeció de ella. Le advirtió, eso sí, que no iba muy lejos.

—No importa —dijo María—. Lo único que necesito es un teléfono.

Era cierto, y sólo lo necesitaba para prevenir a su marido de que no llegaría antes de las siete de la noche. Parecía un pajarito ensopado, con un abrigo de estudiante y los zapatos de playa en abril, y estaba tan aturdida por el percance que olvidó llevarse las llaves del automóvil. Una mujer que viajaba junto al conductor, de aspecto militar pero de maneras dulces, le dio una toalla y una manta, y le hizo un sitio a su lado. Después de secarse a medias, María se sentó, se envolvió en la manta, y trató de encender un cigarrillo, pero los fósforos estaban mojados. La vecina de asiento le dio fuego y le pidió un cigarrillo de los pocos que quedaban secos. Mientras fumaban, María cedió a las ansias de desahogarse, y su voz resonó más que la lluvia y el traqueteo del autobús. La mujer la interrumpió con el índice en los labios.

—Están dormidas —murmuró.

María miró por encima del hombro, y vio que el autobús estaba ocupado por mujeres de edades inciertas y condiciones distintas, que dormían arropadas con mantas iguales a la suya. Contagiada de su placidez, María se enroscó en el asiento y se abandonó al rumor de la lluvia. Cuando despertó era de noche y el aguacero se había disuelto en un sereno helado. No tenía la menor idea de cuánto tiempo había dormido ni en qué lugar del mundo se encontraban. Su vecina de asiento tenía una actitud alerta.

—¿Dónde estamos? —le pregunto María.

—Hemos llegado —contestó la mujer.

El autobús estaba entrando en el patio empedrado de un edificio enorme y sombrío que parecía un viejo convento en un bosque de árboles colosales. Las pasajeras, alumbradas apenas por un farol del patio, permanecieron inmóviles hasta que la mujer de aspecto militar las hizo descender con un sistema de órdenes primarias, como en un parvulario. Todas eran mayores, y se movían con tal parsimonia en la penumbra del patio que parecían imágenes de un sueño. María, la última en descender, pensó que eran monjas. Lo pensó menos cuando vio a varias mujeres de uniforme que las recibieron en la puerta del autobús, y les cubrían la cabeza con las mantas para que no se mojaran, y las ponían en fila india, dirigiéndolas sin hablarles, con palmadas rítmicas y perentorias. Después de despedirse de su vecina de asiento María quiso devolverle la manta, pero ella le dijo que se cubriera la cabeza para atravesar el patio y la devolviera en la portería.

—¿Habrá un teléfono? —le preguntó María.

—Por supuesto —dijo la mujer—. Ahí mismo le indican.

Le pidió a María otro cigarrillo, y ella le dio el resto del paquete mojado. «En el camino se secan», le dijo. La mujer le hizo un adiós con la mano desde el estribo, y casi le gritó: «Buena suerte». El autobús arrancó sin darle tiempo de más.

María empezó a correr hacia la entrada del edificio. Una guardiana trató de detenerla con una palmada enérgica, pero tuvo que apelar a un grito imperioso: «¡Alto he dicho!». María miró por debajo de la manta, y vio unos ojos de hielo y un índice inapelable que le indicó la fila. Obedeció. Ya en el zaguán del edificio se separó del grupo y preguntó al portero dónde había un teléfono. Una de las guardianas la hizo volver a la fila con palmaditas en la espalda, mientras le decía con modos muy dulces:

—Por aquí, guapa, por aquí hay un teléfono.

María siguió con las otras mujeres por un corredor tenebroso, y al final entró en un dormitorio colectivo donde las guardianas recogieron las cobijas y empezaron a repartir las camas. Una mujer distinta, que a María le pareció más humana y de jerarquía más alta, recorrió la fila comparando una lista con los nombres que las recién llegadas tenían escritos en un cartón cosido en el corpiño. Cuando llegó frente a María se sorprendió de que no llevara su identificación.

71

—Es que yo sólo vine a hablar por teléfono —le dijo María.

Le explicó a toda prisa que su automóvil se había descompuesto en la carretera. El marido, que era mago de fiestas, estaba esperándola en Barcelona para cumplir tres compromisos hasta la media noche, y quería avisarle que no estaría a tiempo para acompañarlo. Iban a ser las siete. Él debía salir de la casa dentro de diez minutos, y ella temía que cancelara todo por su demora. La guardiana pareció escucharla con atención.

—¿Cómo te llamas? —le preguntó.

María le dijo su nombre con un suspiro de alivio, pero la mujer no lo encontró después de repasar la lista varias veces. Se lo preguntó alarmada a una guardiana, y ésta, sin nada que decir, se encogió de hombros.

—Es que yo sólo vine a hablar por teléfono —dijo María.

—De acuerdo, maja —le dijo la superiora, llevándola hacia su cama con una dulzura demasiado ostensible para ser real—, si te portas bien podrás hablar por teléfono con quien quieras. Pero ahora no, mañana.

Algo sucedió entonces en la mente de María que le hizo entender por qué las mujeres del autobús se movían como en el fondo de un acuario. En realidad, estaban apaciguadas con sedantes, y aquel palacio en sombras, con gruesos muros de cantería y escaleras heladas, era en realidad un hospital de enfermas mentales. Asustada, escapó corriendo del dormitorio, y antes de llegar al portón una guardiana gigantesca con un mameluco de mecánico la atrapó de un zarpazo y la inmovilizó en el suelo con una llave maestra. María la miró de través paralizada por el terror.

—Por el amor de Dios —dijo—. Le juro por mi madre muerta que sólo vine a hablar por teléfono.

Le bastó con verle la cara para saber que no había súplica posible ante aquella energúmena de mameluco a quien llamaban Herculina por su fuerza descomunal. Era la encargada de los casos difíciles, y dos reclusas habían muerto estranguladas con su brazo de oso polar adiestrado en el arte de matar por descuido. El primer caso se resolvió como un accidente comprobado. El segundo fue menos claro, y Herculina fue amonestada y advertida de que la próxima vez sería investigada a fondo. La versión corriente era que aquella oveja descarriada de una familia de apellidos grandes tenía una turbia carrera de accidentes dudosos en varios manicomios de España.

Para que María durmiera la primera noche, tuvieron que inyectarle un somnífero. Antes del amanecer, cuando la despertaron las ansias de fumar, estaba amarrada por las muñecas y los tobillos en las barras de la cama. Nadie acudió a sus gritos. Por la mañana, mientras el marido no encontraba en Barcelona ninguna pista de su paradero, tuvieron que llevarla a la enfermería, pues la encontraron sin sentido en un pantano de sus propias miserias.

No supo cuánto tiempo había pasado cuando volvió en sí. Pero entonces el mundo era un remanso de amor, y estaba frente a su cama un anciano monumental, con una andadura de plantígrado y una sonrisa sedante, que con dos pases maestros le devolvió la dicha de vivir. Era el director del sanatorio.

Antes de decirle nada, sin saludarlo siquiera, María le pidió un cigarrillo. Él se lo dio encendido, y le regaló el paquete casi lleno. María no pudo reprimir el llanto.

—Aprovecha ahora para llorar cuanto quieras —le dijo el médico, con una voz adormecedora—. No hay mejor remedio que las lágrimas.

María se desahogó sin pudor, como nunca logró hacerlo con sus amantes casuales en los tedios de después del amor. Mientras la oía, el médico la peinaba con los dedos, le arreglaba la almohada para que respirara mejor, la guiaba por el laberinto de su incertidumbre con una sabiduría y una dulzura que ella no había soñado jamás. Era, por la primera vez en su vida, el prodigio de ser comprendida por un hombre que la escuchaba con toda el alma sin esperar la recompensa de acostarse con ella. Al cabo de una hora larga, desahogada a fondo, le pidió autorización para hablarle por teléfono a su marido.

El médico se incorporó con toda la majestad de su rango. «Todavía no, reina», le dijo, dándole en la mejilla la palmadita más tierna que había sentido nunca. «Todo se hará a su tiempo.» Le hizo desde la puerta una bendición episcopal, y desapareció para siempre.

—Confía en mí —le dijo.

Esa misma tarde María fue inscrita en el asilo con un número de serie, y con un comentario superficial sobre el enigma de su procedencia y las dudas sobre su identidad. Al margen quedó una calificación escrita de puño y letra del director: *agitada*.

Tal como María lo había previsto, el marido salió de su modesto apartamento del barrio de Horta con media hora de retraso para cumplir los tres compromisos. Era la primera vez que ella no llegaba a tiempo en casi dos años de una unión libre bien concertada, y él entendió el retraso por la ferocidad de las lluvias que asolaron la provincia aquel fin de semana. Antes de salir dejó un mensaje clavado en la puerta con el itinerario de la noche.

En la primera fiesta, con todos los niños disfrazados de canguro, prescindió del truco estelar de los peces invisibles porque no podía hacerlo sin la ayuda de ella. El segundo compromiso era en casa de una anciana de noventa y tres años, en silla de ruedas, que se preciaba de haber celebrado cada uno de sus últimos treinta cumpleaños con un mago distinto. Él estaba tan contrariado con la demora de María, que no pudo concentrarse en las suertes más simples. El tercer compromiso era el de todas las noches en un café concierto de las Ramblas, donde actuó sin inspiración para un grupo de turistas franceses que no pudieron creer lo que veían porque se negaban a creer en la magia. Después de cada representación llamó por teléfono a su casa, y esperó sin ilusiones a que María contestara. En la última ya no pudo reprimir la inquietud de que algo malo había ocurrido.

De regreso a casa en la camioneta adaptada para las funciones públicas vio el esplendor de la primavera en las palmeras del Paseo de Gracia, y lo estremeció el pensamiento aciago de cómo podría ser la ciudad sin María. La última esperanza se desvaneció cuando encontró su recado todavía prendido en la puerta. Estaba tan contrariado, que se olvidó de darle la comida al gato.

Sólo ahora que lo escribo caigo en la cuenta de que nunca supe cómo se llamaba en realidad, porque en Barcelona sólo lo conocíamos con su nombre profesional: Saturno el Mago. Era un hombre de carácter raro y con una torpeza social irredimible, pero el tacto y la gracia que le hacían falta le sobraban a María. Era ella quien lo llevaba de la mano en esta comunidad de grandes misterios, donde a nadie se le hubiera ocurrido llamar a nadie por teléfono después de la media noche para preguntar por su mujer. Saturno lo había hecho de recién venido y no quería recordarlo. Así que esa noche se conformó con llamar a Zaragoza, donde una abuela medio dormida le contestó sin alarma que María había partido después del almuerzo. No durmió más de una hora al amanecer. Tuvo un sueño cenagoso en el cual vio a María con un vestido de novia en piltrafas y salpicado de sangre, y despertó con la certidumbre pavorosa de que había vuelto a dejarlo solo, y ahora para siempre, en el vasto mundo sin ella.

Lo había hecho tres veces con tres hombres distintos, incluso él, en los últimos cinco años. Lo había abandonado en Ciudad de México a los seis meses de conocerse, cuando agonizaban de felicidad con un amor demente en un cuarto de servicio de la colonia Anzures. Una mañana María no amaneció en la casa después de una noche de abusos inconfesables. Dejó todo lo que era suyo, hasta el anillo de su matrimonio anterior, y una carta en la cual decía que no era capaz de sobrevivir al tormento de aquel amor desatinado. Saturno pensó que había vuelto con su primer esposo, un condiscípulo de la escuela secundaria con quien se casó a escondidas siendo menor de edad, y al cual abandonó por otro al cabo de dos años sin amor. Pero no: había vuelto a casa de sus padres, y allí fue Saturno a buscarla a cualquier precio. Le rogó sin condiciones, le prometió mucho más de lo que estaba resuelto a cumplir, pero tropezó con una determinación invencible. «Hay amores cortos y hay amores largos», le dijo ella. Y concluyó sin misericordia: «Este fue corto». Él se rindió ante su rigor. Sin embargo, una madrugada de Todos los Santos, al volver a su cuarto de huérfano después de casi un año de olvido, la encontró dormida en el sofá de la sala con la corona de azahares y la larga cola de espuma de las novias vírgenes.

María le contó la verdad. El nuevo novio, viudo, sin hijos, con la vida resuelta y la disposición de casarse para siempre por la iglesia católica, la había dejado vestida y esperándolo en el altar. Sus padres decidieron hacer la fiesta de todos modos. Ella siguió el juego. Bailó, cantó con los mariachis, se pasó de tragos, y en un terrible estado de remordimientos tardíos se fue a la media noche a buscar a Saturno.

No estaba en casa, pero encontró las llaves en la maceta de flores del corredor, donde las escondieron siempre. Esta vez fue ella quien se le rindió sin condiciones. «¿Y ahora hasta cuándo?», le preguntó él. Ella le contestó con un verso de Vinicius de Moraes: «El amor es eterno mientras dura». Dos años después, seguía siendo eterno.

María pareció madurar. Renunció a sus sueños de actriz y se consagró a él, tanto en el oficio como en la cama. A fines del año anterior habían asistido a un congreso de magos en Perpignan, y de regreso conocieron a Barcelona. Les gustó tanto que llevaban ocho meses aquí, y les iba tan bien, que habían comprado un apartamento en el muy catalán barrio de Horta, ruidoso y sin portero, pero con espacio de sobra para cinco hijos. Había sido la felicidad posible, hasta el fin de semana en que ella alquiló un automóvil y se fue a visitar a sus parientes de Zaragoza con la promesa de volver a las siete de la noche del lunes. Al amanecer del jueves todavía no había dado señales de vida.

El lunes de la semana siguiente la compañía de seguros del automóvil alquilado llamó por teléfono a la casa para preguntar por María. «No sé nada», dijo Saturno. «Búsquenla en Zaragoza.» Colgó. Una semana después un policía civil fue a la casa con la noticia de que habían hallado el automóvil en los puros huesos, en un atajo cerca de Cádiz, a novecientos kilómetros del lugar en que María lo abandonó. El agente quería saber si ella tenía más detalles del robo. Saturno estaba dándole de comer al gato, y apenas si lo miró para decirle sin más vueltas que no perdieran el tiempo, pues su mujer se había fugado de la casa y él no sabía con quién ni para dónde. Era tal su convicción, que el agente se sintió incómodo y le pidió perdón por sus preguntas. El caso se declaró cerrado.

El recelo de que María pudiera irse otra vez había asaltado a Saturno por Pascua Florida en Cadaqués, adonde Rosa Regàs los había invitado a navegar a vela. Estábamos en el *Marítim*, el populoso y sórdido bar de la *gauche divine* en el crepúsculo del franquismo, alrededor de una de aquellas mesas de hierro con sillas de hiero donde sólo cabíamos seis a duras penas y nos sentábamos veinte. Después de agotar la segunda cajetilla de cigarrillos de la jornada, María se encontró sin fósforos. Un brazo escuálido de vellos viriles con una esclava de bronce romano se abrió paso entre el tumulto de la mesa, y le dio fuego. Ella lo agradeció sin mirar a quién, pero Saturno el Mago lo vio. Era un adolescente óseo y lampiño, de una palidez de muerto y una cola de caballo muy negra que le daba a la cintura. Los cristales del bar soportaban apenas la furia de la tramontana de primavera, pero él iba vestido con una especie de piyama callejero de algodón crudo, y unas abarcas de labrador.

No volvieron a verlo hasta fines del otoño, en un hostal de mariscos de La Barceloneta, con el mismo conjunto de zaraza ordinaria y una larga trenza en vez de la cola de caballo. Los saludó a ambos como a viejos amigos, y por el modo como besó a María, y por el modo como ella le correspondió, a Saturno lo fulminó la sospecha de que habían estado viéndose a escondidas. Días después encontró por casualidad un nombre nuevo y un número de teléfono escritos por María en el directorio doméstico, y la inclemente lucidez de los celos le reveló de quién eran. El prontuario social del intruso acabó de rematarlo: veintidós años, hijo único de ricos, decorador de vitrinas de moda, con una fama fácil de bisexual y un prestigio bien fundado como consolador de alquiler de señoras casadas. Pero logró sobreponerse hasta la noche en que María no volvió a casa. Entonces empezó a llamarlo por teléfono todos los días, primero cada dos o tres horas, desde las seis de la mañana hasta la madrugada siguiente, y después cada vez que encontraba un teléfono a la mano. El hecho de que nadie contestara aumentaba su martirio.

Al cuarto día le contestó una andaluza que sólo iba a hacer la limpieza. «El señorito se ha ido», le dijo, con suficiente vaguedad para enloquecerlo. Saturno no resistió la tentación de preguntarle si por casualidad no estaba ahí la señorita María.

—Aquí no vive ninguna María —le dijo la mujer—. El señorito es soltero.

—Ya lo sé —le dijo él—. No vive, pero a veces va. ¿O no?

La mujer se encabritó.

—Pero ¿quién coño habla ahí?

Saturno colgó. La negativa de la mujer le pareció una confirmación más de lo que ya no era para él una sospecha sino una certidumbre ardiente. Perdió el control. En los días siguientes llamó por orden alfabético a todos los conocidos de Barcelona. Nadie le dio razón, pero cada llamada le agravó la desdicha, porque sus delirios de celos eran ya célebres entre los trasnochadores impenitentes de la *gauche divine*, y le contestaban con cualquier broma que lo hiciera sufrir. Sólo entonces comprendió hasta qué punto estaba solo en aquella ciudad hermosa, lunática e impenetrable, en la que nunca sería feliz. Por la madrugada, después de darle de comer al gato, se apretó el corazón para no morir, y tomó la determinación de olvidar a María.

A los dos meses, María no se había adaptado aún a la vida del sanatorio. Sobrevivía picoteando apenas la pitanza de cárcel con los cubiertos encadenados al mesón de madera bruta, y la vista fija en la litografía del general Francisco Franco que presidía el lúgubre comedor medieval. Al principio se resistía a las horas canónicas con su rutina bobalicona de maitines, laudes, vísperas y a otros oficios de iglesia que ocupaban la mayor parte del tiempo. Se negaba a jugar a la pelota en el patio de recreo, y a trabajar en el taller de flores artificiales que un grupo de reclusas atendía con una diligencia frenética. Pero a partir de la tercera semana fue incorporándose poco a poco a la vida del claustro. A fin de cuentas, decían los médicos, así empezaban todas, y tarde o temprano terminaban por integrarse a la comunidad.

La falta de cigarrillos, resuelta en los primeros días por una guardiana que los vendía a precio de oro, volvió a atormentarla cuando se le agotó el poco dinero que llevaba. Se consoló después con los cigarros de papel periódico que algunas reclusas fabricaban con las colillas recogidas en la basura, pues la obsesión de fumar había llegado a ser tan intensa como la del teléfono. Las pesetas exiguas que se ganó más tarde fabricando flores artificiales le permitieron un alivio efímero.

Lo más duro era la soledad de las noches. Muchas reclusas permanecían despiertas en la penumbra, como ella, pero sin atreverse a nada, pues la guardiana nocturna velaba también en el portón cerrado con cadena y candado. Una noche, sin embargo, abrumada por la pesadumbre, María preguntó con voz suficiente para que oyera su vecina de cama:

—¿Dónde estamos?

La voz grave y lúcida de la vecina le contestó:

—En los profundos infiernos.

—Dicen que esta es tierra de moros —dijo otra voz distante que resonó en el ámbito del dormitorio—. Y debe ser cierto, porque en verano, cuando hay luna, se oyen los perros ladrándole a la mar.

Se oyó la cadena en las argollas como un ancla de galeón, y la puerta se abrió. La cancerbera, el único ser que parecía vivo en el silencio instantáneo, empezó a pasearse de un extremo al otro del dormitorio. María se sobrecogió, y sólo ella sabía por qué.

Desde su primera semana en el sanatorio, la vigilante nocturna le había propuesto sin rodeos que durmiera con ella en el cuarto de guardia. Empezó con un tono de negocio concreto: trueque de amor por cigarrillos, por chocolates, por lo que fuera. «Tendrás todo», le decía, trémula. «Serás la reina.» Ante el rechazo de María, la guardiana cambió de método. Le dejaba papelitos de amor debajo de la almohada, en los bolsillos de la bata, en los sitios menos pensados. Eran mensajes de un apremio desgarrador capaz de estremecer a las piedras. Hacía más de un mes que parecía resignada a la derrota, la noche en que se promovió el incidente en el dormitorio.

Cuando estuvo convencida de que todas las reclusas dormían, la guardiana se acercó a la cama de María, y murmuró en su oído toda clase de obscenidades tiernas, mientras le besaba la cara, el cuello tenso de terror, los brazos yertos, las piernas exhaustas. Por último, creyendo tal vez que la parálisis de María no era de miedo sino de complacencia, se atrevió a ir más lejos. María le soltó entonces un golpe con el revés de la mano que la mandó contra la cama vecina. La guardiana se incorporó furibunda en medio del escándalo de las reclusas alborotadas.

—Hija de puta —gritó—. Nos pudriremos juntas en este chiquero hasta que te vuelvas loca por mí.

El verano llegó sin anunciarse el primer domingo de junio, y hubo que tomar medidas de emergencia, porque las reclusas sofocadas empezaban a quitarse durante la misa los balandranes de estameña. María asistió divertida al espectáculo de las enfermas en pelota que las guardianas correteaban por las naves como gallinas ciegas. En medio de la confusión, trató de protegerse de los golpes perdidos, y sin saber cómo se encontró sola en una oficina abandonada, y con un teléfono que repicaba sin cesar con un timbre de súplica. María contestó sin pensarlo, y oyó una voz lejana y sonriente que se entretenía imitando el servicio telefónico de la hora:

—Son las cuarenta y cinco horas, noventa y dos minutos y ciento siete segundos.

—Maricón —dijo María.

Colgó divertida. Ya se iba, cuando cayó en la cuenta de que estaba dejando escapar una ocasión irrepetible. Entonces marcó seis cifras, con tanta tensión y tanta prisa, que no estuvo segura de que fuera el número de su casa. Esperó con el corazón desbocado, oyó el timbre familiar con su tono ávido y triste, una vez, dos veces, tres veces, y oyó por fin la voz del hombre de su vida en la casa sin ella.

—¿Bueno?

Tuvo que esperar a que pasara la pelota de lágrimas que se le formó en la garganta.

—Conejo, vida mía —suspiró.

Las lágrimas la vencieron. Al otro lado de la línea hubo un breve silencio de espanto, y la voz enardecida por los celos escupió la palabra:

—¡Puta!

Y colgó en seco.

Esa noche, en un ataque frenético, María descolgó en el refectorio la litografía del generalísimo, la arrojó con todas sus fuerzas contra el vitral del jardín, y se derrumbó bañada en sangre. Aún le sobró rabia para enfrentarse a golpes con los guardianes que trataron de someterla, sin lograrlo, hasta que vio a Herculina plantada en el vano de la puerta, con los brazos cruzados, mirándola. Se rindió. No obstante, la arrastraron hasta el pabellón de las locas furiosas, la aniquilaron con una manguera de agua helada, y le inyectaron trementina en las piernas. Impedida para caminar por la inflamación provocada, María se dio cuenta de que no había nada en el mundo que no fuera capaz de hacer por escapar de aquel infierno. La semana siguiente, ya de regreso al dormitorio común, se levantó en puntillas y tocó en la celda de la guardiana nocturna.

El precio de María, exigido por ella de antemano, fue llevarle un mensaje a su marido. La guardiana aceptó, siempre que el trato se mantuviera en secreto absoluto. Y la apuntó con un índice inexorable.

—Si alguna vez se sabe, te mueres.

Así que Saturno el Mago fue al sanatorio de locas el sábado siguiente, con la camioneta de circo preparada para celebrar el regreso de María. El director en persona lo recibió en su oficina, tan limpia y ordenada como un barco de guerra, y le hizo un informe afectuoso sobre el estado de la esposa. Nadie sabía de dónde llegó, ni cómo ni cuándo, pues el primer dato de su ingreso era el registro oficial dictado por él cuando la entrevistó. Una investigación iniciada el mismo día no había concluido en nada. En todo caso, lo que más intrigaba al director era cómo supo Saturno el paradero de su esposa. Saturno protegió a la guardiana.

—Me lo informó la compañía de seguros del coche —dijo.

El director asintió complacido. «No sé cómo hacen los seguros para saberlo todo», dijo. Le dio una ojeada al expediente que tenía sobre su escritorio de asceta, y concluyó:

—Lo único cierto es la gravedad de su estado.

Estaba dispuesto a autorizarle una visita con las precauciones debidas si Saturno el Mago le prometía, por el bien de su esposa, ceñirse a la conducta que él le indicara.

Sobre todo en la manera de tratarla, para evitar que recayera en sus arrebatos de furia cada vez más frecuentes y peligrosos.

—Es raro —dijo Saturno—. Siempre fue de genio fuerte, pero de mucho dominio.

El médico hizo un ademán de sabio. «Hay conductas que permanecen latentes durante muchos años, y un día estallan», dijo. «Con todo, es una suerte que haya caído aquí, porque somos especialistas en casos que requieren mano dura.» Al final hizo una advertencia sobre la rara obsesión de María por el teléfono.

—Sígale la corriente —dijo.

—Tranquilo, doctor —dijo Saturno con un aire alegre—. Es mi especialidad.

La sala de visitas, mezcla de cárcel y confesionario, era el antiguo locutorio del convento. La entrada de Saturno no fue la explosión de júbilo que ambos hubieran podido esperar. María estaba de pie en el centro del salón, junto a una mesita con dos sillas y un florero sin flores. Era evidente que estaba lista para irse, con su lamentable abrigo color de fresa y unos zapatos sórdidos que le habían dado de caridad. En un rincón, casi invisible, estaba Herculina con los brazos cruzados. María no se movió al ver entrar al esposo ni asomó emoción alguna en la cara todavía salpicada por los estragos del vitral. Se dieron un beso de rutina.

—¿Cómo te sientes? —le preguntó él.

—Feliz de que al fin hayas venido, conejo —dijo ella—. Esto ha sido la muerte.

No tuvieron tiempo de sentarse. Ahogándose en lágrimas, María le contó las miserias del claustro, la barbarie de las guardianas, la comida de perros, las noches interminables sin cerrar los ojos por el terror.

—Ya no sé cuántos días llevo aquí, o meses o años, pero sé que cada uno ha sido peor que el otro —dijo, y suspiró con el alma—: Creo que nunca volveré a ser la misma.

—Ahora todo eso pasó —dijo él, acariciándole con la yema de los dedos las cicatrices recientes de la cara—. Yo seguiré viniendo todos los sábados. Y más, si el director me lo permite. Ya verás que todo va a salir muy bien.

Ella fijó en los ojos de él sus ojos aterrados. Saturno intentó sus artes de salón. Le contó, en el tono pueril de las grandes mentiras, una versión dulcificada de los pronósticos del médico. «En síntesis», concluyó, «aún te faltan algunos días para estar recuperada por completo». María entendió la verdad.

—¡Por Dios, conejo! —dijo, atónita—. ¡No me digas que tú también crees que estoy loca!

—¡Cómo se te ocurre! —dijo él, tratando de reír—. Lo que pasa es que será mucho mas conveniente para todos que sigas por un tiempo aquí. En mejores condiciones, por supuesto.

—Pero ¡si ya te dije que sólo vine a hablar por teléfono! —dijo María.

Él no supo como reaccionar ante la obsesión temible. Miró a Herculina. Ésta aprovechó la mirada para indicarle en su reloj de pulso que era tiempo de terminar la visita. María interceptó la señal, miró hacia atrás, y vio a Herculina en la tensión del asalto inminente. Entonces se aferró al cuello del marido gritando como una verdadera loca. Él se la quitó de encima con tanto amor como pudo, y la dejó a merced de Herculina, que le saltó por la espalda. Sin darle tiempo para reaccionar le aplicó una llave con la mano izquierda, le pasó el otro brazo de hierro alrededor del cuello, y le gritó a Saturno el Mago:

—¡Váyase!

Saturno huyó despavorido.

Sin embargo, el sábado siguiente, ya repuesto del espanto de la visita, volvió al sanatorio con el gato vestido igual que él: la malla roja y amarilla del gran Leotardo, el sombrero de copa y una capa de vuelta y media que parecía para volar. Entró con la camioneta de feria hasta el patio del claustro, y allí hizo una función prodigiosa de casi tres horas que las reclusas gozaron desde los balcones, con gritos discordantes y ovaciones inoportunas. Estaban todas, menos María, que no sólo se negó a recibir al marido, sino inclusive a verlo desde los balcones. Saturno se sintió herido de muerte.

—Es una reacción típica —lo consoló el director—. Ya pasará.

Pero no pasó nunca. Después de intentar muchas veces ver de nuevo a María, Saturno hizo lo imposible por que le recibiera una carta, pero fue inútil.

Cuatro veces la devolvió cerrada y sin comentarios. Saturno desistió, pero siguió dejando en la portería del hospital las raciones de cigarrillos, sin saber siquiera si le llegaban a María, hasta que lo venció la realidad.

Nunca más se supo de él, salvo que volvió a casarse y regresó a su país. Antes de irse de Barcelona le dejó el gato medio muerto de hambre a una noviecita casual, que además se comprometió a seguir llevándole los cigarrillos a María. Pero también ella desapareció. Rosa Regàs recordaba haberla visto en El Corte Inglés, hace unos doce años, con la cabeza rapada y el balandrán anaranjado de alguna secta oriental, y encinta a más no poder. Ella le contó que había seguido llevándole los cigarrillos a María, siempre que pudo, y resolviéndole algunas urgencias imprevistas, hasta un día en que sólo encontró los escombros del hospital, demolido como un mal recuerdo de aquellos tiempos ingratos. María le pareció muy lúcida la última vez que la vio, un poco pasada de peso y contenta con la paz del claustro. Ese día le llevó también el gato, porque ya se le había acabado el dinero que Saturno le dejó para darle de comer.

Juan García Hortelano
Una fiesta campestre

Al final, pensé apagar el luminoso. Si las tres letras verdes lucen en la oscuridad cuando se detiene durante dos minutos el descendente de la medianoche, Jacinto sabe que ando levantado aún y, a veces, viene a beber la última del día. En la antigua alcoba ya ni veía en el grabado las escenas que me inventaba. Cerré con llave la habitación. Bajé la escalera. Cruzando el bar, tuve la sensación de haber metido la cabeza bajo las mantas una noche de helada y, mientras recorría el pasillo hacia la puerta trasera, me sentía encapullado en ese cubil sofocante de las noches crudas a la baqueta entre el sueño y la necesidad de masturbarme.

Entonces les oí llegar.

Nada podía recordar de aquel día, uno más igual a los anteriores. Cuando se vive en la rutina, la memoria sólo trabaja a la larga. Ocuparía algún rato en el huerto después del desayuno. Revisaría el frigorífico y la despensa. Quizá le puse anticongelante a la furgoneta, quizá sólo por ver una cara me afeité. Comería o quizá no. Al llegar la Delmira salí a caminar, seguro, porque soporto mal el asco que me produce desear la carne derrumbada y peluda de esa mujerona, que faena por la casa con ropa descuidada.

Al atardecer me había acercado a la estación y Jacinto me dijo que retendría al ascendente de las dieciocho doce por lo menos veinte minutos. De regreso entré por la puerta trasera y encendí el luminoso, cuyas letras empalidecen en la luz aguada de la tarde. Preparé la cafetera, los servicios, las pastas. Después de la llegada del tren no tardaron en llegar los viajeros. En un instante estuvieron ocupadas la barra y las mesas. A lo largo de un cuarto de hora atendí los pedidos, sin detenerme ni precipitarme, con esa agitación controlada que he adquirido en muchos años de cantinero. Luego, como siempre, como pasan los chaparrones de agosto, el bar estaba vacío otra vez y en un silencio más profundo que antes de la llegada del tren.

Siempre he preferido aprovechar los acelerones de actividad, en que consiste mi oficio, para fregar la vajilla y barrer el suelo, recolocar las sillas y las mesas, para poner acorde con la soledad y el silencio el escenario en el que vivo y en el cual a horas fijas irrumpen extraños, cuyas caras olvido nada más pagarme las consumiciones, o esporádicamente la gente de la comarca. Así es que apenas quedaba en el ventanal que da a las vías un resto de tarde, cuando acabé la faena, hice caja y decidí dar un paseo.

Pero subí, abrí la antigua alcoba con la llave y, después de encender las lámparas, descolgué de la pared el grabado y me senté en una butaca. Con esa irritación desmadejada que me queda del trato con los desconocidos, nada más pretendía que dejar pasar el tiempo, no ponerme a sobar recuerdos del cuerpo de Manuela en esa hora incierta en que aún no ha empezado la noche. A ser por ella, el chamarilero se habría llevado aquel grabado, que yo encontré entre los trastos del cobertizo. Pero no se opuso a que lo colgase en nuestra alcoba, porque a mí me distraía descubrir figuras nuevas en aquella borrosa representación de una jira campestre, a veces manchas sin sentido, a veces imágenes rotundamente claras.

—Esa estampa es para ti como el mundo —me decía Manuela—, que apenas nos deja ver lo que miramos y que, de pronto, vemos lo que no está. Si me dejases quitarle el cristal y limpiar tanta porquería...

Mi memoria guardaba intacto el recuerdo de su cuerpo, el sabor de su carne sudada, las expresiones de sus ojos, hasta las grietas de sus pezones. Sin embargo, me era imposible imaginar cómo habría ido madurando, cambiando, y me negaba a recordarla tal como había sido, porque aquella realidad ya había muerto y yo la deseaba tal y como ahora fuese. Necesitaba haber vivido junto a Manuela y no engañarme, falseando el tiempo, con el verdadero sabor de su carne, con los verdaderos ojos y los verdaderos pezones que yo había besado.

Colgué el cuadro, apagué las lámparas y me tumbé en la cama. Era asqueroso seguir preguntándome por qué desapareció con aquel transeúnte, cuyo nombre todavía ignoro. En los primeros días después de la fuga creí haber adivinado la causa, pero hacía ya mucho que había olvidado aquella justificación; aún peor, que había retorcido los motivos hasta alucinarme.

Manuela había dejado todo lo que poseía a mi nombre y en papeles legales. Ese gesto quizá lo interpreté equivocadamente entonces, quizá quise convencerme de que ella, la sedentaria, me avisaba su regreso, me forzaba a esperarla, prevenía que yo pudiera reanudar mi antigua vida.

Luego, mucho después, cuando los años no me permitían ya ilusiones, estuve convencido de que me había regalado la casa y las huertas de la ribera para que no los persiguiese, confiando en que un ansia de propiedades y de estabilidad, que yo no me conocía, me anclaría allí. Como había sucedido.

Hubo demasiada premeditación y demasiada precipitación en la huida de mujer tan sensual, y tan satisfecha por mí en dos años de matrimonio, para que debiese yo sospechar que su amante había sabido despertar en ella el gusto irresistible de alguna rareza inconfesable. Si por propia experiencia sabía cuánto me desconocía a mí mismo, cuánto más pude desconocer los secretos del deseo de Manuela...

—Dime lo más raro que te guste —fueron palabras que nunca me atreví a pronunciar— y yo te lo haré. No me hagas creer por cariño que te he hecho lo que más te gusta. Tú, Manuela, eres muy mujer y no te avergonzará decírmelo.

¿No me empeñaba en poseer a la mujer que iría envejeciendo, porque, aunque seguía esperando su regreso, ahora, a diferencia de los primeros tiempos después de la afrenta, ya no la deseaba? Por fin, condenado a la pesadumbre de convivir con la quimera en que los recuerdos convierten a una mujer, ahora ya no quería encontrar a Manuela ni para matarla.

Me levanté, salí y cerré con llave la puerta de la antigua alcoba. Bajando la escalera, se me ocurrió que aquellas tres letras encendidas en la fachada principal podían parecer esa noche una señal o un reclamo destinado a Manuela. Al final, pensé apagar el luminoso, mientras por el pasillo hacia la cocina temía una noche de insomnio y miembro duro.

Y entonces les oí llegar.

Me alarmaron no las voces de ellos, sino las risas de las mujeres. Hacía una eternidad que no escuchaba a gente de aquella clase y, nada más entrar yo en el bar, fue como si les reconociese. Viéndoles ocupar el local, supe ya a qué atenerme. Hasta que, haciendo la estatua detrás de la barra, conseguí que parasen y dejasen de cacarear, no llegué a contabilizar tres muchachos y cuatro chicas, más unas bolsas de lona y dos maletas de cuero rojo. Pregunté entonces y todos al unísono me pidieron siete bebidas distintas. Continué quieto, retándoles, y luego salí por donde había entrado.

Cuando volví de la cocina, habían juntado tres mesas junto al ventanal que da a la vía. Hablaban bajo y, despatarrados, lacios, mostraban ahora el cansancio de la caminata. El neón, al reflejarse en la fachada lateral de la estación teñía el local con un vapor verdoso. Retiré las maletas y las bolsas junto a una pared y pregunté de nuevo.

Conforme pedían y yo anotaba, percibí que uno de ellos, a pesar de los ropajes que se atrevía a vestir, pasaba con mucho de los treinta años. Y pocos menos contarían la del abrigo de pieles y la que le cuchicheaba al oído, una especie de máscara blanca enjoyada hasta las tetas. Mientras vaciaba la bandeja sobre las mesas, quisieron saber a qué hora dispondrían de un tren.

—Según.

—¿Por qué según, buen hombre?

Eran ellas quienes se dirigían a mí directamente y no sólo fue la altanería de la mujer lo que me desconcertó, sino que al extender las piernas se abrió su abrigo de pieles y aparecieron unos largos muslos, puro mármol negro, naciendo de una cortísima falda azul.

—He querido decir que según vayan al este o al oeste.

El más jaranero de los muchachos me replicó:

—Da lo mismo. Nosotros no tenemos prejuicios.

Se carcajearon, incluso fingieron aplaudir. De repente, no pude soportarlos. Aun sabiendo que el descendente de la medianoche se detenía dos minutos, masculló que preguntaría en la estación y no contesté cuando ellos a su vez me preguntaron si, en el caso de no detenerse ningún tren, podrían hospedarse en la casa por aquella noche. El mayor, que llevaba un sombrero flexible como los que yo usé en mi juventud, me siguió hasta la puerta y, a juzgar por las risas de los otros, haciendo gestos de burla.

La noche estaba hermosa, sin viento y sin luna, fresca. Respiré hondo y pensé que, además de las dos escopetas en el cobertizo, guardaba una pistola en la cómoda de la antigua alcoba. Jacinto jugaba una partida de ajedrez contra sí mismo y, a pesar del humazo de los cigarrillos, me pidió que cerrase la puerta del despacho. Por el andén husmeaban dos perros sin amo.

—Tengo que embarcarlos como sea.

—Diles que el descendente suele llevar camas libres y que para lo suficiente. Tampoco a mí me gustan. Los he visto llegar, tratando a patadas esas maletas rojas, que valen un dinero, y armando chacota. Por lo que escuché, se han quedado sin gasolina en la comarcal...

—Sí, venían en dos coches.

—... y, en vez de tirar para el pueblo, que lo tenían a una pedrada de honda, tiraron hacia aquí, por capricho.

Ni saludaron. Ellas están ricas, muy riquísimas, y más calientes de lo que disimulan con la elegancia y el señorío. Pero a mí, ¿qué quieres que te diga?, ese tipo de mujeres me da recelo. Yo, antes de jodérmelas, tendría que verlas desnudas y bien frotadas con estropajo. Parecen mucho y luego, en pelota, se te quedan en poco, en huesos y olores caros.

—Gente a la moda —moví uno de los alfiles negros y Jacinto, sin pensarlo, se enrocó corto—. Mandones y chulos, pero, a la primera en serio, unos panolis.

—Mandan ellas. Y ellos, a reír y manotear. La más mayor, que digo yo que tendrá como unos treinta y pocos años, la del abrigo de pieles, esa que va bandeándose encima de los tacones, pues ésa a mí se me hace que es la más señora y la más tragona. Suele pasar. Los demás son unos jabatillos, quitando al marido de la tragona, el del sombrero, que se le ve un hombre ya hecho, aunque menos que ella.

—¿El marido? ¿De dónde te sacas que sea su marido?

—Vete tú a averiguar qué parentescos tiene esa bulla entre sí... Hay otra, la redondita y también más mujer, con la cara pintada de blanco y ahorcándose con tantos broches y collares, que, mira por donde, mueve un culo divino, el mejor culo de todos, prieto y alto, de esos culitos que se palpan enteros a mano abierta. Se llama Roberta. La madre que la fue a parir y qué nombre usa la mamona...

—Yo por los nombres no los distingo —moví la reina y era jaque—. Me voy, a ver si los espabilo.

—Tendría yo que verla después de quitarle el rojo y el blanco de la cara con lejía. ¡Dios!, qué costra... Me da el pálpito que ni se acuestan unos con otros. Mucho arrumaco y mucho sobeo, y de meterla, nastis, en la bragueta después de la pileta. Para mí, que son drogadictos. De lujo y vicio, pero drogatas de los que se ponen las venas como un cedazo. Fíjate en los brazos; con precaución, pero fíjate. Y, si me necesitas, da una voz —Jacinto, manteniendo la puerta abierta con un hombro, de una patada al aire alejó a los perros—, que yo antes de la una no me acuesto.

—Dentro de un rato te los facturo a la sala de espera.

—A las dos más jovencitas les hacía yo a simultáneas un favor cochino y placentero. Sobre todo, a la de la melena enrollada sobre la cabeza, que tiene una mata de pelo la pelirroja de ella que lo mismo sólo el pelo le pesa el doble que los pechitos. ¡Cuánta guarrería desperdiciada hay por el mundo...!

—Observa que te he dado jaque.

—Leches, jaque.

Unos metros antes de la puerta oí ya la música de la radio. El desmadre había comenzado. Únicamente estaban sentados el del sombrero y uno de los muchachos, hablando vivo con las cabezas inclinadas sobre la mesa. Cerca de ellos, una de las chicas se desnudaba. El otro muchacho y la redondita culona bailaban, contorsionándose a lo gamberro. También bailaban, sin seguir la música, casi sin moverse, la mujer mayor y la chica pelirroja, pero abrazadas y besándose a fondo, los brazos de la mujer rodeando el cuello de la chica, la chica sosteniendo con las manos abiertas las nalgas de la mujer.

Tuve un arrebato de miedo, sin fundamento. Hasta que me serené, permanecí, con la espalda contra la barra, absorto en el abrigo de pieles colgado de la máquina tragaperras. Luego, me decidí a mirar el cuerpo desnudo de la muchacha, largo y proporcionado, el estómago algo más grueso de lo que correspondía. En contraste con la cabellera cenicienta y rizada, casi desde el ombligo le bajaba por el pubis un mechón, vertical, lamido y brillante, como la cola de un cuervo. Tendría que llamarse Lola. O Sara. Me irritó que ni siquiera me mirase. Pero más me irritaba la vergüenza que me impedía mirar a la pelirroja y a la mujer de los altos tacones, enlazadas por las piernas vientre contra vientre, hechizadas, comiéndose las bocas.

Roberta (según Jacinto) me sonrió, a punto en una de sus contorsiones de chocar con mi cuerpo rígido. En la mesa del hombre y del muchacho había una botella de whisky, que yo no había servido. Alisándose sobre las caderas la tela negra que más parecía traje de fiesta que camisón, la chica se había transformado en una recién parida de hombros suaves y ondulada espalda carnosa.

Cuidadosamente, como el que atraviesa un parque infantil, atravesé entre ellos. Sin encender las luces de la cocina, salí al huerto. En el cobertizo cargué una de las escopetas. A oscuras, con la escopeta sobre las piernas, permanecí sentado en la cocina, incitándome a recorrer el pasillo sigilosamente y, desde la entrada, decerrajar dos perdigonadas contra las estanterías del bar. Quería verles huir como conejos en medio del estruendo crispado de las botellas, el espejo, el placer, la espontaneidad de sus movimientos, rompiéndose en añicos.

Me dio por imaginar, para animarme, que, de haberles servido Manuela, alguno de ellos (o de ellas) habría ido subiendo una mano bajo la falda, muslo arriba, arriba por el muslo terso, casi resbaladizo, de la que entonces fue mi mujer y entre cuyos muslos, en lo profundo de aquellas noches, hundía yo el rostro y seguía durmiendo. Me obsesionaba asustarles por lo menos, desafiarlos, y es que no se me ocurría otro remedio al encogimiento de mi pene, que tanto más se me arrugaba cuanto más nítidamente lograba representarme la espalda de la falsa Sara, la frondosa entrepierna de Manuela, las bocas frenéticas de las dos desaforadas.

Cuando sentí que alguien venía por el pasillo, escondí la escopeta detrás de la puerta de la despensa y encendí las luces. Aparecieron el chico, que había estado bailando con Roberta, y la mujer de la minifalda azul. Mientras el chico fisgoneaba los vasares, ella hablaba y yo miraba directamente a sus labios despintados y húmedos.

Por lo pronto, querían cenar. Y saber de cuántos dormitorios, camas y baños disponía la casa. De cena, cualquier cosa, de lo que hubiera, siempre que no fuera de lata, pero rápido, porque estaban hambrientos. Esa misma noche, por la mañana temprano a más tardar, yo debía encargarme de que alguien llevase gasolina a los coches. Y concluyó:

—Se te pagará y por adelantado. Anda, Carlos.

El muchacho sacó unos billetes y, consultándome con la mirada, dejó hasta cuatro, elegidos entre los grandes, sobre la madera sin desbastar de la mesa.

—Un momento y escúcheme ahora a mí. Camas hay dos, una grande. Habitaciones no faltan. Puedo preparar un diván y un somier con un colchón. Baño, sólo uno, con bañera y ducha. Y agua caliente. Para la cena, huevos fritos o en tortilla francesa, bocadillos de jamón, embutidos, chorizos de orza. Melocotón en almíbar, de lata, rosquillas y magdalenas.

—Melocotón, para nada.

—Y vinos de marca.

—Vale —dijo ella, marchándose un instante antes de que yo cogiese los billetes.

El muchacho se sentó en un borde de la mesa. En silencio, comencé a preparar la cena. Se ofreció a ayudarme y rehusé. Ya solo, mientras batía los huevos, les oí corretear por el piso de arriba. Nadie, sino yo mismo en colaboración con la puta vida, me había apocilgado en aquella cantina.

No había sabido encontrar mejor ofensa cuando me la saqué, floja y mustia. Pero fue creciendo, aunque sin endurecerse, a medida que la sumergía en el fluido amarillo de los huevos batidos, que la acariciaba con los chorizos encostrados de manteca, que batía con ella las aceitunas en un cuenco, que la apretaba entre las dos mitades de las barras de pan antes de sustituir mi carne viva por lonchas de carne fiambre. Gracias a que la culona empezó a hablar por el pasillo, pude limpiármela con un paño y hasta subirme la cremallera de la bragueta.

—Oye —venía diciendo—, que una de las habitaciones de arriba está cerrada. Dame la llave.

—Mientras ustedes cenan, ya prepararé yo los cuartos.

—¿Vives solo? Uy, pepinillos, qué gloria... Me chiflan. En estos despoblados tiene que hacer un frío pelón. He visto mantas y edredones en los armarios. En esta casa hubo en tiempos una mujer. No me lo niegues, se nota. Se nota en que todo lo que hay de un cierto gusto está ajado y amarillento. Y lo nuevo es de plástico y chillón. O sea, que no tienes quien te caliente la cama, pobrecito. El cuarto de baño está pasable, aunque habrá que hacer cola para mear. Como fonda no vale una mierda tu casa, pero como casa es cachonda. ¿Te queda mucho fogón?

—¿Se llama usted Roberta?

—¿Por qué lo preguntas? Venga, vuela, que nos vamos a emborrachar esperando.

Movía sus hermosas nalgas a conciencia. Después, dejaron de preocuparme sus malditos culos, sus pechos y sus labios, sus repentinas exhibiciones de carnes relampagueantes, las miradas, casi siempre perdidas y a veces elocuentes, hasta de sus voces, continuamente pidiendo algo, me desentendí. Cuando descorché las botellas, estaba cansado y sentí de nuevo la urgencia de alejarme. En un extremo de la mesa formada por mesas se sentaba, con el sombrero permanentemente puesto, el hombre, cuyo pelo canoso me pareció teñido. En el otro extremo presidía la chica pelirroja y a su izquierda la mujer, cuyos zapatos de tacón estaban ahora sobre la barra del bar, besaba las mejillas de Roberta cada vez que ésta le servía algo en el plato. La muchacha del camisón negro (Sara o Lola) se negaba a sentarse sobre las piernas de Carlos. Avisé, aunque calculando que ni me oirían, que subía a preparar las habitaciones, pero el del sombrero dijo:

—Gracias.

Arriba habían dejado encendidas las luces, el televisor, abiertos los armarios y hasta en el gabinete habían revuelto. Al acabar, saqué la pistola de la cómoda, me la puse al cinto y no me entretuve ni a asomarme por la ventana para ver qué tiempo hacía. Continuaban comiendo y el parloteo había disminuido.

Fuera, el aire estaba estancado, como la temperatura. Al pisar el andén, escuché aproximarse al descendente y me detuve. Los ventanales del piso bajo y el luminoso refulgían en las tinieblas. Nadie bajó del tren, ni subió. Esperé a Jacinto frente a la puerta del despacho.

—Pasa —dijo, lanzando el banderín enrollado sobre la butaca y colgando el quepis en el perchero.

—Hace buena noche —me senté en un banco del andén—, rara para la época en que estamos —Jacinto cerró la puerta del despacho y se sentó a mi lado—. ¿Sabes?, son peores que fuimos nosotros cuando éramos fascistas.

—Yo nunca he sido nada. Por cierto, macho, que te he dado mate. Lo que te faltaba para redondear la que te ha caído encima. Este currante, si no es de utilidad, se muda a la cama. Tú podrías, digo yo, estibar ese ganado en la furgoneta, cargar la gasolina que tengas y llevarlos a sus coches. O ¿se te ha insinuado alguna?

—Antes que sin gasolina una noche entera, me quedo yo sin agua o sin escopetas.

—No será que no te lo avisé. Ese género de lujo carnal, farfolla. Están enviciadas con una clase de tíos que lo que les gusta de las hembras son las bragas y los ligueros. Échale un tiento a esa Roberta, que tiene un culito muy agarrable, y a lo mejor te distraes un rato y colmas tus esperanzas. Con las otras, no hay que engañarse, estás expuesto a una orquitis preconciliar, u orquitis de órdago. Pero que la culos se quite antes el yeso y el carmín, que no va a ser de teatro la pasión. Teatro, el que me espera a mí mañana.

—Han encendido las luces del piso de arriba.

Jacinto, sin levantarse del banco, se desperezó y bostezó. Cuando Jacinto vino destinado a la estación, ya hacía años que Manuela me había abandonado. Si sobre la utilidad de la vida nunca me hice ilusiones, nunca pensé que la mía sería tan breve. Sólo el recuerdo había alargado y cargado de consistencia mi vida. ¿Cómo, sin darme cuenta, había elegido aquel lugar, esperando que ella volviese de un día para otro, pensando marcharme de un día para otro cuando dejé de esperarla? Me había estafado a mí mismo falsificando, por miedo, el futuro. Y, de repente, ya no sabía adónde ir, ni dónde encontrar a mis iguales, ni sabía, de repente, dejar de ser el que jamás había pretendido ser.

Jacinto se despidió. Hasta el amanecer no llegaría otro tren. Puede que hasta ya fuese abuela, ella que recurría a todo para que yo no la preñara. Me puse en camino lentamente. Dormiría en el cobertizo, en el catre de tijera. Sabiendo la casa ocupada, lo probable es que pasase la noche en vela, al acecho. Apenas había luz en los ventanales del bar.

Habían dejado únicamente encendido el tubo sobre la puerta del pasillo. Ni me miraron. Continuaban sentados, el mayor sin quitarse el sombrero, rostro frente a rostro a punto de rozarse y, como por casualidad descubrí, teniéndose las manos cogidas por debajo de la mesa.

Las luces de la antigua alcoba llegaban hasta los últimos escalones. Desde el umbral vi a Roberta, que, desnuda, cruzaba la habitación hacia la pared donde colgaba el grabado. Inmediatamente, quizá por el jadeo, reconocí el cuerpo de la chica de la cabellera rizada (¿Lola?, ¿Sara?), arrodillado y erguido, formando un ángulo recto perfecto con el cuerpo del muchacho, que, tendido en la cama, la tenía ensartada y sobre el que ella, basculando sobre las rodillas, mantenía un ritmo pausado, sincronizado a los empujes del émbolo incrustado en su gruta.

—*A rural entertainment*, se titula la marranada —dijo Roberta.

—Pero ¿qué es lo que representa? —preguntó el muchacho.

—Lo que yo decía. Grupo de vetustos de peluca y casaca follando sobre la hierba.

—¿Quieres, de una puñetera vez, atender a lo que estás? —pidió la muchacha.

—Ay, linda, no asustes al niño —rodeando la espalda de la chica con un brazo, Roberta le mordió un hombro—. Tranquila, corazoncito, que, en cuanto le tape la boca a tu violador con una mordaza sabrosona, lo vas a notar crecer dentro de un agujero, preciosa mía. Gorrioncitos, me estáis volviendo loca de delirio.

Trabajosamente Roberta acabó por colocarse de rodillas y con las piernas abiertas sobre la cabeza del muchacho, que reía a hipidos hasta que sobre su rostro cayó el ensortijado pubis. Sara colocó abiertas las palmas de las manos sobre las clavículas de Roberta y ésta ostentosamente se alzó los pechos. Ahora, el nítido rectángulo de carne que formaba el trío se agitó, parecieron desequilibrarse y creí que ambas se derrumbarían sobre el muchacho. Pero recuperaron el ritmo y Sara reanudó el jadeo, a volumen creciente y como si lo silabease. Inesperadamente las facciones crispadas de Roberta se volvieron hacia mí.

—¡Fuera! Cabrón, barrigón, fuera de ahí, que no quiero mirones. Lárgate o te capo el pellejo.

Retrocedí de espaldas, como si la voz de la mujer me empujase, y me detuve en la oscuridad al tropezar con una maleta. Las manos me temblaban y, sólo al darme cuenta de que estaba frente a la puerta de mi dormitorio, percibí que en la derecha tenía la pistola. Al otro lado de la puerta sonaba un crujido intermitente. Si abría de una patada, el cuerpo de dos espaldas que rodaría sobre las sábanas se detendría, se dividiría en dos, los pechos y los vientres de ambas recuperando el volumen. Necesitaba oír los gritos de la mujer de los muslos negros y de la pelirroja, y levanté doblada una pierna. En ese instante el rellano de la escalera quedó en tinieblas.

—Váyase y deje de merodear.

Distinguí la silueta del sombrero, flotando en la penumbra que venía del gabinete, suficiente para apuntar certeramente la pistola.

—Disculpe —pude decir.

—Aquí ya no tiene usted nada que hacer, ni ningún derecho a espiarnos.

Entró en el gabinete, donde yo había instalado el somier y el jergón, había dispuesto el diván, donde había preparado (y ahora lo comprendía) un nido de amor para una pareja de maricones románticos.

—Nada más quería saber si necesitaban algo los señores.

Lo encontré al pie de la escalera y lo primero que percibió fue la pistola en mi mano. Pretendió, mediante un quiebro de cintura, escapar hacia la barra del bar, pero le sujeté por un brazo, le miré directa y fijamente a los ojos, y cerró la boca dispuesta a chillar. Me pareció que le veía por primera vez y no era extraño que en las últimas horas instintivamente mis ojos hubiesen rechazado aquel rostro de maricona petulante y frágil, inverosímilmente vulgar y de una belleza sobrecogedora.

—No me hagas daño —gimió—. Yo sé que tú no quieres hacerme daño. Al contrario, ¿verdad?

—Dime una cosa, una sola cosa, mujercita.

—Lo que tú mandes, hombrón, bruto.

Abrazándome, me había llevado hacia una de las mesas y sobre ella acababa de dejar la pistola, que había tomado de mi mano.

—Apártate, puta. Una cosa y no me mientas.

—Pero si te encanta que nos apretemos... Yo te digo lo que quieras juntos, muy juntos. Seguro que es algo guarro lo que quiere saber este hombracho depravado.

—¡Caniche! —llamó desde arriba, dulcificada, la voz del tipo del sombrero.

—Sí, Fernando. Subo en un momentito. Estoy tomando un vaso de leche —redujo a un susurro el volumen de la voz y añadió—: Tú quieres saber si Fernando es mi marido legal. ¿A que sí, adúltero? Es fantástico que me tengas celos.

—Calla —sus manos, de una suavidad asombrosa, se dejaron conducir por las mías.

—Mira, mira, lo que mi macho me pide. Deprisita, deprisita y calladito, que me muero si nos sorprende Fernando.

—Calla tú, nena. Oye, ¿cómo se llama la pelirroja?

—Curioso... Curioso y vicioso... —su aliento me abrasaba el oído—. Y bobo. Olvídate de ésa y piensa sólo en mí, que te hago feliz, feliz, que te estoy haciendo muy feliz, y que te abandono ahora mismito, tienes que comprenderlo, pero te dejo feliz, mucho... —sus dedos, cuando aún me sacudían los espasmos, subieron hasta mi cara, se engarfiaron en mis mejillas y sentí la agria humedad de su lengua invadiendo mi boca—. Adiós, tesoro.

Abrí los ojos después de haber escuchado sus pisadas saltarinas por los escalones. Decidí hacer algo inmediatamente, tal como echar todos los cerrojos de la casa, acurrucarme contra la puerta de mi dormitorio donde la pelirroja rodaba sobre sus dos espaldas, ducharme con la manguera en el huerto, rezar, arrepentirme de no haber acariciado las nalgas de Caniche, comer un bocadillo de sardinas de lata, subir al primer tren de la madrugada. Únicamente bebí a gollete de una botella de coñac, hasta que el estómago se me sublevó y, ya en la cocina, pensé desconectar por fin el luminoso.

Sería primera hora de la tarde, cuando desperté en el cobertizo. Me encontraba bien y me quedé en el catre recuperando las manías de la memoria, a la espera de que la Delmira se marchara. Pero seguía, cuando entré en la cocina, y todavía siguió faenando mientras yo bebía un tazón de café y calculaba darle unas pesetas por el trabajo extra. Sin embargo, fue ella quien me tendió dos billetes, medianos.

—Me encargaron que le diera esto y que le dijera que por las molestias.

—¿Quién, Delmira? ¿Quién le dio este dinero?

—Y a mí ¿qué me pregunta? Bastante barullo tuve con el teléfono, con los desayunos, con los bultos de los equipajes... Y encima sin parar de aviar, que han dejado avío para una semana. Una de ellas, o uno de los señores, digo yo que sería.

Con una mano se ajustaba bajo la blusa las hombreras del sostén. Sonrió, cuando la prometí:

—Ya echaré cuentas con usted mañana.

—Hala, pues hasta mañana. Y agradecida.

Salí a desentumecer las piernas, a respirar aire limpio. El luminoso, efectivamente, estaba apagado. En el silencio de la tarde podía, si me lo proponía, oír cantar a Manuela, que planchaba en el gabinete, con las ventanas abiertas.

Julio Llamazares
El conductor perdido

De todos los placeres que podía permitirse el que más le satisfacía era el de coger su coche y conducir sin rumbo durante horas viendo pasar los paisajes y escuchando la música que le gustaba. La música la elegía él, pero a veces dejaba que fuera el mundo el que se la proporcionara a través de la ventanilla abierta.

Desde que tenía memoria, le gustaba escapar de la realidad. Lo hacía ya de niño, cuando continuamente los profesores le llamaban la atención y le acusaban de estar en Babia, y continuó haciéndolo luego, cuando empezó a trabajar en la editorial y se aburría profundamente leyendo los manuscritos de los autores que pasaban por ser los mejores del país. Todos le parecían insustanciales, pese a que la mayoría de ellos presumieran de profundidad.

Vivía en el extrarradio con su familia, una mujer anodina (tardó en descubrirlo poco) a la que lo único que le interesaban eran sus hijos, dos adolescentes —chico y chica— que lo único que hacían, mientras estaban en casa, era comer y ver la televisión. Se acostumbró a su presencia, pero no se adaptó a ella. Al revés: se fue alejando de ellos, si no de manera física, sí espiritual y sentimentalmente. Mientras veían la televisión o hablaban, en las comidas, de cosas intrascendentes, él se hundía en el silencio o en las noticias que aquélla daba de cuando en cuando: un atentado en algún lugar, un rifirrafe político, un nuevo escándalo financiero... Le daba igual lo que le contaran, porque nada le importaba lo más mínimo.

Cuando era joven, leía novelas o se metía en el cine para escapar de la realidad. Unas y otro le servían para embellecer su vida, que era más bien aburrida, como la de todos los que conocía. En las novelas y en las películas, la gente vivía más intensamente, o al menos eso le parecía a él. Quizá por ello, cuando tuvo la oportunidad, entró a trabajar en una editorial, convencido de que su trabajo sería muy entretenido. Se pasaría el día leyendo libros, que era lo que le gustaba. Pero pronto se dio cuenta de que no era lo que había imaginado. Leer por obligación le llevó a descubrir otra perspectiva de lo que, hasta aquel momento, había sido una de sus pasiones. En lugar de dejarse llevar por lo que leía, tenía que controlarse para advertir los errores que hubiera en ello. Fue así como, poco a poco, comenzó a detestar los libros, como detestaría el dinero, pensaba, el que tenía que estar todo el día contándolo.

Como todo el mundo, cuando le llegó la edad, se casó y formó una familia que tampoco le sirvió para mejorar su vida. Al revés, ésta se hizo más anodina, pues a la mediocridad de antes se unió ahora la rutina familiar. Sus días se redujeron a un ir y venir del trabajo a casa, con la breve excepción de las vacaciones. Que tampoco le ofrecían demasiados alicientes. Siempre veraneaba en el mismo sitio, por lo que sabía ya de antemano lo que iba a ocurrir en ellas.

Camino del trabajo o de regreso a casa, al salir de él, veía a sus semejantes hacer lo mismo y sentía un aburrimiento que iba en aumento de día en día. Lo único que le entretenía era mirar el paisaje, que, éste sí, cambiaba continuamente en función de las estaciones y de la climatología que hubiera en cada momento. Le gustaba, además, hacerlo desde su coche, que, aparte de darle seguridad, le aislaba del resto de los conductores. Con la música puesta y el motor a toda marcha, la realidad se difuminaba como cuando se dormía o como cuando todavía leía novelas por afición. Era una sensación placentera que se fue haciendo una necesidad.

Al principio, se limitaba a disfrutar de ella cuando iba y venía de la editorial a casa. Duraba poco, pues ambas no estaban lejos, y comenzó a llenarle cada vez menos. Por eso, empezó a prolongarla él mismo, alargando el recorrido de manera intencionada, especialmente a la vuelta, en que no tenía que fichar como a la ida. Fue así como empezó a descubrir otras carreteras y otros barrios que hasta entonces ni siquiera conocía. Y, por supuesto, otros paisajes diferentes, que era lo que le gustaba. La perspectiva de la ciudad perdiéndose detrás de él o la de sus edificios reapareciendo, cuando volvía, en el horizonte le producían tanta emoción como la más apasionante aventura. Lástima que, al final, tuviera que volver a casa y regresar a una realidad que cada vez le gustaba menos.

Además, a medida que aquellos viajes se empezaron a alargar más de la cuenta, su mujer comenzó a sospechar de él, temiendo que hubiera algo que no sabía. Él no podía explicarle la razón por la que llegaba tarde (ni ella le habría creído), pero mentirle le parecía absurdo. Si no hacía nada malo, ¿por qué tenía que mentir? Así que siguió a lo suyo sin importarle que su mujer se enfadara continuamente con él.

Sus hijos ni se enteraban. Con ver la televisión y tener dinero para salir o para comprarse ropa, les importaba poco lo que él hiciera. Le veían llegar por la noche, cada vez más silencioso y cada día con más retraso, pero ni siquiera se preguntaban por el motivo. Y su mujer dejó de hacerlo también. Temía que algo ocurriera, pero, a la vista de su silencio, prefería no hacer preguntas. Así que las cenas se reducían a conversaciones puntuales e intrascendentes, entrecortadas por la televisión. Y lo mismo ocurría después, cuando su mujer y él se iban al dormitorio.

Ello hizo que se aficionara todavía más a la conducción. Incluso los domingos, que antes solía pasar sin salir de casa prácticamente (solamente alguna vez para comer con algún amigo), salía a dar una vuelta en coche, con gran disgusto de su mujer. Era cuando recorría un mayor número de kilómetros y cuando disfrutaba más, pues apenas había coches por las calles. Ni por las carreteras, que poco a poco fue conociendo, incluso de otras provincias, a medida que iba ampliando su área de acción. En un momento dado, llegó a hacer hasta trescientos y más kilómetros, todos mientras su familia veía la televisión.

Pero incluso estas salidas le empezaron a saber a poco. Necesitaba más y más tiempo de conducción, como el alcohólico o el drogadicto necesitan cada vez más alcohol o mayor dosis. Su alcohol eran los paisajes y su droga conducir. Y la música, que se confundía con ellos, haciendo del mundo algo diferente.

No es de extrañar, por todo lo dicho, que un domingo por la tarde saliera a conducir (era verano y el mundo estaba desierto) y que, llegada la medianoche, siguiera sin volver a casa. Su mujer se preocupó y llamó a la Policía, pero no consiguieron saber de él. Al día siguiente, en la editorial, su mesa estaba vacía y así siguió hasta que lo sustituyeron. Donde no lo sustituyeron fue en su casa, por supuesto, donde su mujer sigue convencida de que se fugó con otra y que por eso nunca ha llamado. Sus hijos, por su parte, se disgustaron algo al principio, pero pronto se acostumbraron a no verle por las noches.

Manuel Longares
El patinador

A Marcos y Conchi

«Si de verdad les interesa lo que voy a contarles», murmura Caulfield posando el monopatín en el suelo. Cierra la puerta de su piso en la urbanización de Lacoma, baja en el ascensor y sale a la avenida de la Carretera de la Playa, que es como vivir junto al río Hudson. Y Caulfield, que no ejerce de guardián del centeno aunque pudiera dedicarse a ello si le aprueban en el instituto, conduce el monopatín de la mano, como si fuera su crío, en esta primera hora de la tarde del sábado, cuando otros adolescentes como él, en su habitación de hijos de familia con banderines en las paredes, aspiran a ganar la competición que se convoca en la pista del Parque Sindical para desquitarse de los desfavorables resultados de los exámenes.

Desde la Carretera de la Playa a la llanura de El Pardo hay una pendiente que Caulfield desciende encima de su tabla, situándose a la derecha de la calzada, prácticamente en el arcén. Caulfield se desliza por el asfalto con una tranquilidad sabia, su madurez asombra a todo el mundo menos a sus padres, que ven más riesgos que beneficios en su odisea con el monopatín, incluso le han prometido un coche si deja este ejercicio de fin de semana. Pero Caulfield contesta que su transporte es menos arriesgado que otros, según las estadísticas oficiales de percances. Todo un cerebro de la dialéctica, este Caulfield.

Seguramente lo más parecido a su viaje sea la aventura de un barco en alta mar. Pero Caulfield tiene la ventaja de que, conforme avanza a bordo de su tabla por la Carretera de la Playa, se le revela el paisaje escondido entre urbanizaciones y chalets, de modo que encuentra motivos para alegrar la vista y no aburrirse tanto como el que, desde la barandilla de la cubierta de un buque, contempla el monótono horizonte de cielo y agua. Claro que Caulfield tampoco debe recrearse en el panorama que se extiende frente a él —por más que merezca la pena— y desatender la conducción de su propio cuerpo sobre la madera, que discurre a una velocidad de crucero para no perder el equilibrio o desbocarse.

Llega así al punto más peligroso del recorrido, porque la bajada se curva antes de afluir a la riada de El Pardo y el patinador debe moderar su impulso para no invadir ciegamente el camino que atraviesa. Lo más socorrido es desmontar de la tabla y cruzar andando; pero el patinador sabe que está unido a su medio de transporte y no puede abandonarlo, sino aguantar el sufrimiento y superar el riesgo con cálculo y habilidad, lo mismo que si estuviera ante el tribunal de oposiciones a profesor de instituto y de su ejercicio de Francés dependiera su colocación laboral y su matrimonio con la chica que sostiene su dentadura superior con un alambre.

Esa chica terminó su trabajo de fisioterapeuta a mediodía y ya se encuentra en la pista del Parque Sindical. Caulfield la ve coqueteando con los jugadores de rugby, como si él no existiera. También distingue a sus padres, con gafas de sol y un cucurucho compartido de palomitas, en una zona de la grada. Están un poco alejados del núcleo de adolescentes que ansían la gloria de precipitarse con el monopatín por ese cuenco de bajada y subida y, ya en lo alto, cuando el patinador ha tomado carrerilla para dibujar una acrobacia en la que parece tocar el cielo, girar vertiginosamente sin despegar los pies de la tabla y descender por donde se ha venido.

Esta tarde de sábado, Caulfield vuela en la pista y triunfa, aunque alguna vez caiga sobre el cemento con la sonoridad de aquel adolescente que se estrelló en una acera de Rosales. Caulfield regresa cuando la sombra del atardecer oculta los chalets. Mientras remonta la pendiente de la Carretera de la Playa, muchos jóvenes marchan con el monopatín en sentido contrario al suyo, dispuestos a repetir sus estrategias y heroísmos. Caulfield entra en el barrio de Lacoma, abre la puerta de su piso y besa a la mujer con dentadura de alambre. Y al sentarse junto a la cuna donde su heredero duerme, piensa que cuando uno se entera de que la vida sólo tiene trayecto de ida, empieza a echarla de menos.

José María Merino
Maniobras nocturnas

—Un cacharro enorme, de hierro, que debía de pesar casi treinta kilos, con el cuadro y los guardabarros pintados y repintados de color caqui. No es lo mismo imaginarse lo que puede ser el servicio militar en un regimiento ciclista que encontrarse nada más llegar con la bicicleta que te corresponde, después de guardar la ropa de paisano en la maleta, ponerte ese mono que te oprime con su apresto y sus costuras todo el cuerpo, calarte la gorrilla cuartelera, con una borla colgante que te hace cosquillas en la base de la nariz. Claro que yo sabía montar en bicicleta, la bici había sido para mí, casi desde la niñez, una máquina familiar, pero aquello que tuvimos que recoger el primer día, uno detrás de otro, mientras un sargento anotaba el número de la que se nos asignaba, era como el antepasado, ahora dirían la madre, de todas las bicicletas que yo había conocido. Tenía las ruedas de caucho macizo y no llevaba frenos. Claro que tampoco los necesitaba, porque funcionaba a piñón fijo. Con añadir que el sillín era también de hierro, está dicho todo.

De vuelta de vacaciones, las tres hijas se habían reunido con el padre aquel domingo de agosto. Era la sobremesa y le escuchaban entre furtivas miradas de mutuo entendimiento, sorprendidas de su propósito de recordar

115

historias tan viejas y pintorescas. En su actitud había también conmiseración, pues aquel gusto del padre por recuperar ciertos recuerdos antiguos se había hecho insistente tras la muerte de la madre, unos meses antes, y había en él una especie de ansiosa voluntad melancólica de arañar en el tiempo perdido. Con las hijas estaban el marido de la mayor y el compañero, o novio, como le llamaba el padre, de la menor. Eran los últimos días del mes y soplaba un viento seco, tórrido, que hacía bambolearse el toldo de la terraza y vibrar las persianas, bajadas para oscurecer y refrescar la casa, en un castañeteo que era otra de las molestias de la seca inclemencia del día.

El marido de la hija mayor había estado ponderando las virtudes de una bicicleta que acababa de comprarse, el escaso peso, la sorprendente maniobrabilidad, la precisión en el cambio de marchas, la comodidad del sillín, como si más que describir el objeto quisiese hacer prosélitos en su voluntad de corredor festivo por las carreteras de la comarca. Y fue entonces cuando el padre se puso a evocar el tiempo de su servicio militar, casi cincuenta años antes. Empezó pronunciando el nombre de la ciudad como quien acota un capítulo. Luego aclaró que había decidido hacer la mili en aquel lugar, y que le hubiera dado igual el regimiento ciclista que cualquier otro destino, porque lo que él quería era estar lo más cerca posible de Visi, y al pronunciar el nombre de la madre fue notorio el temblor de su voz. Unos veinticinco kilómetros separan la ciudad donde estaba el cuartel del regimiento ciclista y el pueblo en que la madre residía durante el verano en aquellos tiempos, y ambos podrían encontrarse con rapidez y facilidad los días en que a él le diesen permiso para salir.

—Nos ordenaron que no montásemos, que la llevásemos del manillar con la mano izquierda, porque teníamos que recoger el mosquetón. Formamos otra columna y nos fuimos acercando a unos barriles. Allí, como pescados en conserva, se guardaban los fusiles sumergidos en grasa, con la boca de fuego hacia arriba. Otro sargento nos indicaba que había que agarrar el fusil por el extremo del cañón y tirar de él para sacarlo de la grasa, y luego alejarnos para quedar reunidos en la explanada, delante de una tribuna que debía de servir para la presidencia de los desfiles, con la bicicleta sujeta de una mano y aquella arma pesada y pringosa colgando de la otra. Luego repartieron entre nosotros grandes manojos de borra porque íbamos a dedicar el resto de la mañana a una primera limpieza del mosquetón y de la bicicleta. Pero todavía estábamos allí pasmados, inmovilizados por lo que iban a ser nuestras armas y nuestros vehículos, cuando apareció el coronel Tarazona, subió a la tribuna con firmes pisotones y nos habló. No tenía la voz grave, pero compensaba el tono endeble con ademanes enérgicos. Nos dio la bienvenida, prometió hacer de nosotros unos soldados extraordinarios, y nos aseguró que la bicicleta era un instrumento vital para el ejército, como lo había demostrado en la Primera Guerra Mundial. Aludió a la batalla del Marne como si todos hubiéramos estado allí, y dijo que la moda motorizada que se había impuesto en la Segunda Guerra Mundial, terminada una década antes, no era sino una especie de episodio circunstancial. «El petróleo acabará por agotarse, pero las guerras no terminarán nunca —vaticinó—. Debéis estar seguros de que la bicicleta se hará al fin imprescindible en todos los ejércitos modernos del mundo».

—Buen olfato el de aquel coronel.

—Para qué voy a contaros lo que fueron los primeros días de vida cuartelera, con la carga del mosquetón y de la bicicleta. El que no sabía montar aprendía a la fuerza, porque lo hacían subir en la bici y lo echaban a rodar cuesta abajo por un terraplén. Así que, aunque con mucha torpeza, pronto empezamos a movernos individualmente y en grupo. Pero fue en esos días cuando sucedió lo que nos iba a dejar sin el permiso para salir que se daba tradicionalmente con motivo de la jura de la bandera, algo por lo que suspirábamos casi antes de haber llegado al cuartel. Una catástrofe.

—¿Tan grave fue la cosa?

—Desde nuestra llegada, los veteranos, en el comedor, se burlaban de nosotros a voces. Enseguida el escarnio general se unificó en una sola palabra, «novatos», gritada con furia. Más allá de la burla contra nosotros, la palabra parecía expresar una desesperación grotesca. Aquello tenía aire teatral, y hasta operístico, pues se producía después de un silencio solemne. Primero, el toque de corneta nos ponía a todos firmes delante de las mesas, cada uno en nuestro sitio, y sonaba a lo lejos la voz gangosa del cura bendiciendo los alimentos que íbamos a recibir. Luego, la corneta emitía una sola nota breve y aguda, para indicar que quedábamos liberados de la formalidad y podíamos sentarnos y hablar, y en ese momento el alarido unánime, en que enseguida participamos también los novatos con regocijo, se alzaba al cielo con estruendo, como salido de un único pecho: «¡Novatos!». La segunda vez que emitimos el grito, la corneta volvió a llamarnos a la posición de firmes, y el capitán que estaba de servicio, con la voz alterada por la cólera, nos advirtió de que aquel comportamiento quedaba rigurosamente prohibido, pero al sonar luego el breve cornetazo liberador, se repitió el violento grito, un rugido lanzado con rara compenetración: «¡Novatos!», al que sucedía una carcajada también general. Aquello ocurrió durante varios almuerzos más. Creo que nadie pensaba que podía tomarse como un juego no inocente, pero nuestros oficiales se mostraban indignados, como si el grito atentase contra el meollo mismo de su autoridad, contra el honor del ejército, qué sé yo. Así, varios almuerzos después, creo que fue el quinto o el sexto día, cuando formamos para la retreta, supimos de boca de nuestros mandos que, como consecuencia de la actitud de indisciplina colectiva en el comedor, el coronel había resuelto que no se concediesen permisos de ninguna clase, ni siquiera en la jura de la bandera. La noticia acabó con los famosos gritos y nos dejó a todos muy mohínos. Lo que más me dolía a mí era saber que no podría ver a Visi. Además, no había tenido ninguna noticia suya, a pesar de sus promesas de escribirme todos los días.

—Yo había creído que no erais todavía novios cuando tú hiciste el servicio militar —dijo entonces la hija mayor.

—Mamá decía que te conoció por entonces, y que empezasteis a veros, pero que os hicisteis novios cuando terminaste la carrera —añadió la mediana.

—Que ella fue a ver la jura de la bandera porque una prima suya tenía un novio haciendo la mili. Ella pasaba los veranos en casa de aquella prima, la que luego vivió tantos años en París —dijo la menor.

El padre permaneció unos instantes caviloso. El viento hizo temblar fuertemente las persianas otra vez y el padre asumía los comentarios de sus hijas y escrutaba con rapidez los espacios que estaba evocando, para descubrir con asombro que la aparente solidez con que se habían presentado ante él aquellos tiempos, cuando el yerno habló de la bicicleta recién adquirida, empezaban a perder densidad, y que surgían aspectos que su memoria no había desvelado. Claro que no fue Visi, comprendió, claro que no. Claro que no fue Visi. Pero no lo dijo.

—Vaya, no éramos novios pero nos conocíamos.

—¿Os conocíais?

—Nos habíamos conocido antes, por medio de un amigo, de un compañero mío. Digamos que no éramos novios, pero que nos caíamos bien.

—¡Si tanto la echabas de menos, claro que debíais de caeros bien! —exclamó la hija menor, con una risa.

Claro que no era Visi. Era Charo, su prima, recordó él claramente, y la evocación repentina de sus fuertes resoplidos mientras la besaba le devolvió, bien perceptible, un sentimiento intenso de concupiscencia juvenil.

—Vamos, que no erais novios, pero como si lo fueseis —dijo la hija menor—. ¡Mira que prometerte una carta diaria!

—No sabéis lo que eran las relaciones entre chicos y chicas en aquellos tiempos —repuso él, con gravedad—. No podéis ni siquiera imaginároslo.

—¿Poca fluidez? —preguntó el yerno.

La prima de Visi, Charo. Aparecieron las dos con nitidez en su memoria, y no le agradó recordar que, cuando él conoció a Visi, ella era novia de un compañero llamado Isidoro Noval, un muchacho tan pulcro, atildado y circunspecto que en clase había quien le llamaba Inodoro. Pero él se había hecho muy amigo de Isidoro, asistían jun-

120

tos a conciertos y conferencias, y conocía su relación, principalmente epistolar, con una muchacha de ojos alegres en las fotos, de nombre Visi.

Uno va abriendo las compuertas perdidas en la memoria, las que tienen los goznes más oxidados, y los recuerdos salen poco a poco, como bestias recelosas de una manada antes inadvertida. Volvió a ver claramente a Isidoro Noval, recién llegados los dos a la ciudad después de las vacaciones estivales, contándole que su novia Visi pasaría allí una temporada, de acompañante de una prima y de una tía a la que iban a operar de algo serio. Isidoro tendría facilidad para salir con Visi si a la pareja se unían la prima Charo y él mismo. Además, podían pasarlo bien los cuatro juntos, irían a pasear, al cine, a bailar. Entre el rebaño de la memoria pudo divisar entonces a Charo claramente. Una chica fuerte, de su misma estatura, de manos grandes, cabello negro y piel sonrosada.

Salieron juntos los cuatro, fueron al cine algunas veces, y también a bailar. La convalecencia de la operada se alargaba. En el trance del baile, que entonces se denunciaba por la Iglesia como muy favorecedor de tentaciones carnales, él descubrió, a través de los apretones de manos y del rozamiento de los cuerpos, que la tal Charo, al contrario que la mayoría de las muchachas con que a veces bailaba, no mantenía ni la tensión muscular ni la distancia que aconsejaba la estricta castidad y le dejaba acercar el cuerpo, y que en aquella cercanía respiraba con agitación y apretaba mucho los labios, como si en el simple abrazo de la danza encontrase un estímulo para sus sentidos. Incluso a los ojos de un joven poco experto en el trato con las mujeres, como él era, aquellas muestras de entrega no podían dejar de ser advertidas, y en la siguiente ocasión, cuando las dos parejas fueron juntas al cine, inició con su mano derecha unas discretas caricias en el brazo de ella, y pudo corroborar que Charo no se oponía a sus avances táctiles.

—¿Poca fluidez? Rigurosa separación de sexos, sacrosanta defensa de la virginidad prematrimonial, férreo control de cualquier escarceo erótico por parte de las autoridades civiles y religiosas —repuso.

Todos se echaron a reír.

—El caso es que iba llegando el día de la jura y el coronel no rectificaba. Ya no sólo no gritábamos en el comedor, sino que hablábamos todo el día entre susurros, como ofreciendo el sacrificio de un enmudecimiento voluntario, una sordina que fuese capaz de propiciar el perdón de aquel castigo brutal que había aniquilado nuestras esperanzas de tener algo de libertad tras tantos días de automática obediencia a los cornetazos y a las órdenes gritadas, y tantas horas de instrucción, a menudo sobre aquellas bicicletas que parecían resistirse al pedaleo, siempre con el mosquetón como un apéndice forzoso, anquilosado, de nuestros brazos. Pero después de más de un mes, el coronel seguía sin autorizar los permisos. Ni siquiera se consentían los paseos vespertinos fuera del acuartelamiento.

—¿Os dio permiso, al fin?

—Vinieron muchos familiares a presenciar la jura, y el castigo del coronel gravitaba sobre la ceremonia como una nube oscura. Yo creo que entorpecía nuestros pasos y hasta hacía más inseguras nuestras evoluciones. Para qué contaros: el desfile en bici, con el mosquetón en bandolera, la misa, el desfile a pie, el beso a la bandera. Lo peor era el viento. A eso de las diez se había levantado un viento caliente, que cubrió de calina el horizonte y nos envolvía a nosotros en nubes de polvo. El coronel Tarazona había ordenado plantar un mástil gigantesco, para que en él ondease la bandera, pero el viento llegó a tener ráfagas muy violentas, y hacía moverse el mástil entre crujidos que se unían al flamear de las banderas y al aleteo de las ropas sacerdotales, como otro augurio funesto. Y claro que no hubo permiso. Menos mal que, cuando terminó todo y rompimos filas, pude estar con Visi, que había venido a verme.

—¡Qué romántico! —dijo la hija menor.

Pero la imagen de Visi se había alterado en el recuerdo del padre, como si la de Charo, hecha cada vez más firme, superpusiese sus facciones a las de ella, con la melena sacudida por el viento seco de aquel día. Nada de romántico. Visi le había buscado entre los compañeros, bajo el fuerte sol de agosto. Él le había preguntado por Charo y ella, sin decir nada, le había alargado un sobre cerrado. A él le pareció encontrar en los ojos de Visi una severidad acechante que, a lo largo de todo el tiempo posterior, incluso en aquel mismo instante en que se había visto obligado a evocarla, no pudo descifrar para saber si escondía una certeza y una desaprobación, o si era el gesto de unos ojos que se intentaban proteger de la polvareda y del deslumbramiento de la hora.

Era el rostro de Visi, pero carcomido por una falta de concreción que el tiempo parecía haber metamorfoseado en el rostro de Charo. Recordó con exactitud el mensaje que el sobre contenía, y casi sintió otra vez la embestida de aquella inesperada angustia voluminosa, atroz, que suscitaron las pocas palabras caligrafiadas sin cuidado: *He intentado llamarte por teléfono pero no hay forma. No me baja, tienes*

que saberlo, no me baja. Estoy muy mal, muy mal, desesperada.
Ven a verme, ven de una vez, ven ya.

Mientras Charo estuvo en la capital, durante aquellos primeros días del curso, ambos acabaron encontrando los momentos y los escondites que favorecían sus besos atrevidos y unas caricias que habían cruzado las fronteras del pudor, pero ni los lugares que buscaban les permitían mayores intimidades, ni ellos se atrevieron a llegar todo lo lejos que les hubiera gustado, frenados por el miedo a lo que se consideraba una caída fatal, una falta irreparable, sobre todo para una muchacha decente. Pero cuando Charo regresó a su casa, el deseo que sentían el uno por el otro les hizo sufrir mucho la desgarradura de su separación.

Pocos días después, Charo le había escrito para pedirle que fuese a visitarla al sitio donde vivía. En su carta, en un envite audaz, ella le decía que iba a presentarlo en casa como novio formal más o menos en ciernes. A él le asustó aquella advertencia, porque temía enredarse demasiado en un compromiso, pero añoraba tanto las caricias recíprocas de aquellos días que no pudo resistirse, y cuando se acercaban las vacaciones de Navidad, antes de ir a su propia casa, se acercó a la villa en que Charo vivía.

El disfrute renovado de las caricias y los besos clandestinos le haría solicitar la ciudad que tan cercana estaba a la posibilidad de aquellos placeres, a principios del nuevo año, cuando presentó los papeles para el servicio militar. Y fue a visitarla otra vez durante la Semana Santa, mientras la gente parecía absorta en el trasiego de cirios, procesiones y visitas sacramentales.

No habían llegado todavía a cumplir el encuentro completo de sus cuerpos, pero había entre ellos una confianza y una pericia de antiguos amantes. Él era bien consciente de lo peligroso de su relación. Quiso saber qué opinaba el confesor de Charo de aquel noviazgo, pero ella le contestó que había decidido no contarle nada. Luego él pudo comprobar que aquello no le impedía comulgar en la misa, y sintió la terrible congoja de estar viviendo en el corazón mismo de lo que las ominosas advertencias eclesiásticas denominaban pecado mortal.

En los primeros días de mayo, cuando apenas faltaba un mes para que él se incorporase al regimiento, el tren y el coche de línea lo condujeron de nuevo a la antigua villa en que Charo vivía. También faltaba un mes para que Visi llegase a pasar las vacaciones veraniegas. Volvió a visitar aquella casa muy ceremonioso, y a mostrar sus buenos modales ante la madre de Charo y la hermana menor. El padre había muerto en Rusia, voluntario de la División Azul, pero su capote y su gorra de plato, en el perchero de la entrada, parecían asegurar una ausencia transitoria.

El domingo, después del almuerzo, las hermanas prepararon una excursión a la ermita de la virgen patrona de la comarca. Charo conducía el tílburi, y entre ella y él se sentaba la hermana pequeña, que debía acompañarlos, pero que dejó el carruaje cuando iban a salir de la villa, cumpliendo sin duda un pacto cómplice.

Tras el ascenso a la colina, mientras la caballería ramoneaba cerca de las tapias, buscaron un escondite. La hierba estaba alta, y el pequeño valle ofrecía la quietud de la siesta. No había nadie en el paraje y se abrazaron con ansia, para recuperar los besos que tanto añoraban en sus separaciones. La soledad del lugar, lo cálido de la tarde, los llevaron a un embeleso sin cautelas. Al fin, acostados en la manta del carruaje, una determinación exigente y sin temores ni timideces les hizo alcanzar el encuentro profundo de los cuerpos, tantas veces evitado antes. Luego Charo se echó a llorar y él no sabía cómo consolarla, empavorecido por lo grave del hecho. Le pareció que la luz de la tarde, que antes tenía un reverbero de placidez, había alcanzado un tono de languidez desolada.

—Decidí que, si no había permiso, me escaparía. El asunto del permiso se había convertido en lo más importante para todos, como si nuestro futuro, la mínima serenidad de nuestros espíritus, dependiese de ello, como si ya no pudiésemos pensar en otro resquicio de salida hacia la más modesta de las felicidades. Y, sin embargo, el coronel Tarazona no soltaba prenda. Supimos que el siguiente viernes habría unas maniobras nocturnas, en un monte al que a veces íbamos a disparar. Nos dijeron que nuestros desplazamientos, la ocupación de los caminos y del monte, irían acompañados de una sesión de fuego real, disparos de verdad de la artillería de la ciudad desde sus baterías. Se afirmaba que nos darían permiso el sábado y el domingo. Todos lo aseguraban, porque todos querían creer que sucedería así. Pero yo, por si acaso, decidí escaparme aquella noche. Ir a verla.

—¡Y eso que no erais todavía novios!

—¿He dicho que había unos veinte kilómetros, más o menos? Total, en dos horas, a más tardar, estaría allí, y en otras dos horas, de vuelta. Imaginaba que las maniobras iban a llevar bastante confusión, mucho lío, y que uno podía perderse fácilmente, lo que llamábamos escaquearse.

—Me imagino a papá en esa situación, con lo legal que es. Que estabas loco por ella, vamos.

—Necesitaba un plano de carreteras, y al fin lo encontré. El furriel de la compañía lo tenía, y hasta una brújula, y el mismo viernes logré escamotearle las cosas con bastante facilidad.

—Además, seguro que tú estabas dispuesto a todo.

—Claro que estaba dispuesto a todo. Y lo sentía dentro de mí con toda seguridad, convencido de que lo iba a hacer y de que nadie podría impedírmelo.

Parecía que estaba recordando solamente una desazón de enamorado, y tal como sus hijas conocían la relación entre los padres, aquel amor que creían descubrir por primera vez, anterior al noviazgo, las enternecía doblemente. Pero en las evocaciones de él no sólo habían aflorado sus planes para la escapada de aquella noche, sino todo el desasosiego de cada jornada. Había destruido la breve carta de Charo, pero su mensaje ardía dolorosamente dentro de él. El porvenir se le presentaba de súbito sin salidas que no llevasen a la vergüenza y a la desdicha. Imaginó lo que sucedería en su propia casa, el disgusto de sus padres, todas las obligaciones que acarrearía el asunto: una boda repentina que sería la comidilla y la irrisión de unos y de otros, la urgencia de encontrar un trabajo para dar cobijo y alimento a aquella familia pecaminosamente sobrevenida. Acaso ya nunca terminaría la carrera. Apenas dormía, y el lento paso de la noche rajaba su imaginación como un instrumento de tortura. Sin embargo, de día estaba ausente, medio dormido, y merecía a menudo las amonestaciones de los mandos. Incapaz de pensar en otra cosa, era como si empezase a cumplir las primeras jornadas de un castigo de cadena perpetua.

—Aquella noche me preparé bien. Puse en el macuto ropa de paisano y, cuando mi compañía salió hacia la carretera del monte, me uní al pelotón esperando encontrar una curva en que la carretera cruzaba un pequeño puente. Me detuve allí, simulando que la cadena de mi bici se había salido, lo que era bastante habitual en aquellos cacharros, y mientras mi compañía se alejaba me salí de la carretera, me metí bajo el puente, me cambié de ropa, escondí el macuto y el mosquetón, y esperé a que acabase de pasar todo el mundo. El coronel fue el último. Aquel propagandista fervoroso de la bicicleta montaba siempre a caballo, mostrando una de esas incongruencias que solamente puede permitirse la gente que tiene poder. Pero no os voy a contar cómo fue mi viaje de aquella noche. Pedaleaba, pedaleaba, pedaleaba sin cesar. Unas hojas de periódico arrebujadas en el sillín amortiguaban un poco su implacable rigidez. En algunas ocasiones tuve que bajar de la bicicleta y empujarla para coronar las cuestas. Llevaba una linterna, pero no la necesité, porque la noche era muy clara. Clara y perfumada, pero yo no podía disfrutar de ella. Sin embargo, lo que son los sentidos, aquel aroma a bosque seco, a matorrales veraniegos, con el frescor que había sustituido al calor del día, se filtró por debajo de mi desasosiego y de mis esfuerzos y ha quedado en mi memoria como una especie de tesoro desaprovechado. A lo que voy. Pedaleaba, pedaleaba, pedaleaba. Sin parar. Y dos horas después, más o menos, tal como había calculado, llegué al pueblo. Estaba muy cansado.

Había en él mucho cansancio físico, pero sobre todo una fatiga moral, la idea de que encontrarse con Charo sería avanzar un paso más en el camino tenebroso a que lo había llevado su falta de continencia. El pueblo estaba dormido y ni siquiera se oía ladrar a un perro. Buscó la casa de Charo, y cuando estuvo ante ella dejó la bicicleta apoyada en el muro y recogió del suelo algunos guijarros para llamar la atención de la muchacha lanzándolos contra su ventana, que estaba en una esquina, casi sobre la huerta. Sus esfuerzos no servían de nada, y empezó a llamarla por su nombre en voz baja, Charo, Charo, sin recibir tampoco ninguna respuesta. Con su caserío dormido y oscuro, el pueblo tenía aire de escenografía mortuoria. Al cabo, alguien respondió con un susurro en lo alto, y a la luz del foco de la linterna él pudo descubrir el rostro de Visi, sus grandes ojos brillantes como dos tizones súbitos.

Charo bajó al fin y le abrazó con fuerza, pero en su gesto, en vez de encontrar un tacto angustioso, él reconoció una evidente hospitalidad. Charo lo besaba con avidez, y su nariz exhalaba los conocidos resoplidos del deseo. «Ya me vino —murmuró al fin—, no ha pasado nada, ha sido sólo un susto». Continuaba besándole con glotonería, pero él se separó. «Tengo que volver», dijo, comprendiendo que Charo iba a quedar fuera de su vida para siempre. «Me he escapado. Estamos de maniobras», añadió, para justificarse. «¿No te puedes quedar ni un ratito?, ¿ni siquiera media hora?» «No, de verdad. Vine sólo a saber cómo estabas.» «¡Si supieras lo contenta que estoy! ¡Si supieras el miedo que he pasado!»

Él recogió la bici y, antes de montar, iluminó con la linterna la ventana en que permanecía Visi mirándoles, y de nuevo los ojos de la muchacha relumbraron como dos pequeños chispazos.

—¿La viste y regresaste enseguida?

—Naturalmente. Me esperaban otras dos horas de camino y no quería llegar cuando todo el mundo hubiese regresado al cuartel.

—¡Qué historia tan romántica!

—¿Y cómo fue el regreso? ¿No tuviste problemas?

—Pues otra vez pedalear, y pedalear. Y tenía que bajarme de la bici para poder subir las cuestas. Cuando estaba cerca empecé a escuchar los cañonazos, y os prometo que me alegré de llegar a tiempo. Otra media hora, por lo menos. Volví a cambiarme de ropa, recogí el mosquetón y me dispuse a buscar a mi compañía. Los cañonazos, que habían parado, volvieron a escucharse y luego cesaron otra vez. Yo sabía que mi compañía tenía que estar al lado de las ruinas del molino, en un sitio al que habíamos ido ya en un par de ocasiones, y me dirigí hacia allí, pero cuando estaba muy cerca del lugar empezaron a sonar explosiones alrededor, y los fogonazos eran tan enormes que me deslumbraron. Me quedé quieto, pensando que me había equivocado de rumbo, porque la artillería disparaba siempre contra una zona muy alejada, el collado de Matacanes, pero tras una pausa comenzaron a sonar los silbidos de los proyectiles y a explotar junto a las ruinas, y hasta cerca del punto en que yo estaba, y sentí que un puñado de tierra me rociaba la nuca y se me colaba debajo del mono.

—¿Qué hiciste?

—¿Qué iba a hacer? Me bajé de la bici y me tiré al suelo. El bombardeo se detuvo, pero poco después comenzó de nuevo, y os juro que yo me encontraba en medio de aquel campo de tiro, y que la tierra me caía encima en enormes paletadas, y que el suelo retemblaba a mi alrededor como en el más terrible de los terremotos. Confundido, aterrorizado, yo comprendía que tenía que aprovechar la siguiente interrupción para intentar alejarme de allí. Me levanté, monté en la bici, y entonces escuché una voz a mis espaldas, entre unos arbustos, una voz de mando que me devolvió al automatismo de tantas jornadas. «¡Soldado!», repitió la voz. Me acerqué y, a la luz de una lámpara de petróleo, descubrí, agachado, al coronel Tarazona. A su lado, un ayudante daba vueltas con desesperación a la manivela de un teléfono de campaña, y otro soldado, sin duda el corneta, lloraba atenazado por lo que me pareció un ataque de nervios insuperable. «¡A la orden de usía, mi coronel!», dije yo, porque a los coroneles se les trataba de usía. «¿Nombre y compañía?», preguntó él, y se lo dije. Entonces me habló como si sus palabras estuviesen recogiendo su última voluntad. Tenía los ojos desorbitados y un resuello al hablar que parecía asmático. Yo debía regresar inmediatamente a la carretera y dirigirme al punto equis, que al parecer era un corral de tapias descascarilladas cercano al bosquecillo tras el segundo recodo, y buscar allí al capitán Estrugo para transmitirle la orden de retirada general, y que localizase por el medio que fuese a los artilleros de la ciudad para que detuviesen el fuego, porque sin duda se habían equivocado en los cálculos y estaban bombardeando nuestras posiciones, en vez de tirar contra el monte. «¡Por el medio que sea!», gritaba el coronel Tarazona. Aproveché la calma, monté en mi bici y pedaleé con todas mis fuerzas. Mientras me alejaba, las bombas volvían a caer en la zona del molino. Menos mal que no hubo más bajas que el caballo del coronel. Y yo me encontré con que se me citó en el parte, por el valor que había demostrado aquella noche. Y me dieron una semana de permiso.

—Que aprovechaste para estar con mamá.

El padre no contestó nada. Miraba al fondo, a la lejanía, más allá de la terraza. Lanzó un resoplido.

—¡Qué me vais a contar a mí de bicicletas! —exclamó.

Juan José Millás
Zapatos

El caso es que empezaron a desaparecer mis calcetines preferidos. Desmonté la lavadora por si se hubieran quedado atrapados en el filtro, revisé los cajones de toda la casa, le pregunté a la vecina de abajo si por casualidad se había desatado una lluvia de calcetines sobre su tendedero. Nada, no había rastro de ellos en ningún sitio. Me compré más y a los quince días se habían vuelto a evaporar.

En esto, una noche me desperté con la boca seca. Abrí los ojos y recibí un roce sutil sobre la moqueta. Al encender la luz vi que un calcetín de lana negro estaba siendo succionado por el zapato correspondiente al pie derecho. Más de la mitad del calcetín permanecía aún fuera, pero se deslizaba sin pausa hacia el interior oscuro del calzado. En ese momento hice un ruido y la actividad engullidora cesó. Tiré del extremo libre del calcetín y arrastré con él el zapato, como el sedal arrastra al pez que ha mordido el cebo. Preferí pensar que se trataba de una pesadilla y me volví a dormir. Al día siguiente el calcetín había desaparecido.

Empecé a dejar los calcetines fuera de los zapatos al acostarme y cesaron las desapariciones, pero se ve que ahora pasan tanta hambre que se los comen cuando los tengo puestos. A lo mejor estoy hablando por teléfono y de repente siento un cosquilleo pantorrilla abajo; miro, que casi no me atrevo, y veo descender la manga en dirección a los tobillos. Es muy incómodo.

Siempre desconfié de los zapatos, esas cajas donde se guardan los pies con sus dedos y todo. Parecen osarios o ataúdes. Y luego que también tienen algo de túnel sin forma. En realidad, es muy difícil llegar a ver el extremo de la puntera dentro; ahí, seguramente, reside su estómago. Conocí a uno que se durmió con los zapatos puestos y desapareció. Precisamente fue por estas fechas.

Felices Pascuas.

Augusto Monterroso
Vaca

Cuando iba el otro día en el tren me erguí de pronto feliz sobre mis dos patas y empecé a manotear de alegría y a invitar a todos a ver el paisaje y a contemplar el crepúsculo que estaba de lo más bien. Las mujeres y los niños y unos señores que detuvieron su conversación me miraban sorprendidos y se reían de mí pero cuando me senté otra vez silencioso no podían imaginar que yo acababa de ver alejarse lentamente a la orilla del camino una vaca muerta muertita sin quien la enterrara ni quien le editara sus obras completas ni quien le dijera un sentido y lloroso discurso por lo buena que había sido y por todos los chorritos de humeante leche con que contribuyó a que la vida en general y el tren en particular siguieran su marcha.

Arturo Pérez-Reverte
La pasajera del San Carlos

*Al capitán de la marina mercante
don Antonio Pérez-Reverte*

Y a Francisco Ayala

Eran otros tiempos. Ahora cualquier imbécil puede llevar un barco a base de apretar botones y con una terminal de satélite; pero entonces todavía quedábamos hombres en los puentes, en cubierta y en los sollados. Hombres para palear carbón empapados en sudor como en la boca del infierno, o pasar días con el sextante en la mano, en mitad del Atlántico y con mal tiempo, acechando la aparición del sol o de una estrella para determinar latitud y longitud sobre una carta náutica. Hombres para destrozar un burdel en Rotterdam, secar un bar en Tánger, o mantenerse al timón con olas de ocho metros mirando al capitán silencioso y acodado junto a la bitácora como quien mira a Dios.

También eran otros barcos y otros pasajeros. Los unos eran motoveleros que parecían aves blancas en el horizonte, o vapores de hierro testarudos y sólidos en el andar. Los otros eran tipos cuya fisonomía delataba su pasado o su futuro: plantadores tostados por el sol, con ojos amarillos de malaria; misioneros jóvenes acariciando sueños de martirio y gloria, o barbudos, flacos y febriles, atiborrados de dudas y de quinina; militares de caqui abrevando en grupos; funcionarios de blanco colonial, hundida la nariz en vasos de ginebra; esposas de tez pálida o enrojecida, avejentadas por los trópicos; negros de corbata, miembros del clan favorecido por la metrópoli, futuros ministros y también futura carne de linchamiento tras la independencia.

Ésos eran mis pasajeros. Durante muchos años los estuve llevando con sus equipajes, ida y vuelta una vez al mes, entre Cádiz y Santa Isabel, con buen y mal tiempo, sin ningún percance que anotar en el cuaderno de bitácora del *San Carlos*. Salvo la última maniobra, con doscientos treinta y cuatro refugiados, veinte guardias civiles y dos ametralladoras en el puente, cuando largamos amarras de Santa Isabel pegando tiros al aire para mantener alejada a la muchedumbre que pretendía asaltar el barco; aún no estoy seguro de si para cortarnos el pescuezo o para que los sacáramos de allí. Pero aquélla es otra historia.

La que pretendo contarles empezó seis o siete años antes del último viaje. Corrían los tiempos en que Fernando Poo era todavía eso: una colonia próspera y ejemplar habitada por blancos altaneros y negritos buenos, con plantadores de cacao que dedicaban el tiempo libre a emborracharse y a engendrar mestizos, y con un gobernador militar, hombre recto y católico practicante, que iba a misa los domingos y que, al caer cada tarde, rezaba el rosario en familia en la veranda de su residencia, un palacete colgado entre buganvillas, ceibas y cocoteros, sobre el Atlántico.

A ella la vi subir al barco en Cádiz. Recorrió la escala real, cinco metros de plancha inestable vibrando bajo sus tacones altos, como sólo una de cada cien mujeres sabe hacerlo: con seguro balanceo de piernas y caderas, leve como un soplo, con la brisa cómplice haciendo ondear la falda de su vestido blanco. Todo en ella parecía dorado: el cabello, las pestañas, la piel. Martín, mi tercero, que por aquel entonces era demasiado joven y demasiado impresionable, alargó una mano para ayudarla a pisar cubierta y ella se lo agradeció con una mirada azul que lo hizo enrojecer. Una mirada de ésas por las que un hombre de los de antes era capaz de hacerse matar en el acto. Pero de todos nosotros fue el contramaestre Ceniza, acodado en la regala con los ojos entornados por el humo de un cigarrillo, quien resumió mejor la cuestión: «He ahí una mujer», dijo entre dientes. Y aunque yo, que estaba cerca, apenas pude escuchar el comentario, bastó el gesto de homenaje, una breve señal de asentimiento que hizo inclinando un poco la cabeza gris, para que leyese en sus labios sin palabras. Porque, de una u otra forma, el contramaestre se limitaba a expresar un sentimiento general, compartido desde el puente, donde yo mismo estaba con un ojo en la maniobra y otro en la escala real, hasta el muelle, donde los estibadores, con los brazos en jarras, observaban admirados el paisaje. Ella era, exactamente, lo que en aquel tiempo aún llamábamos una mujer de bandera.

Él subió detrás. Flaco y bien vestido, sombrero de paja y corbata con calcetines a juego, con una maleta de piel en cada mano. Se le veía chico de buena familia en pos de un destino decente al regreso, dieciocho meses en los trópicos, funcionario medio de la administración colonial con prometedora carrera más adelante, si lograba sobrevivir a la humedad, a la fiebre, al alcohol, al aburrimiento.

Le calculé treinta años; un par más que a ella. Y poco tiempo de casados. Dos o tres meses, a lo sumo.

Fue un viaje tranquilo. Tuvimos buen tiempo y hermosas puestas de sol costeando África hasta el golfo de Guinea. Ella solía pasar el tiempo en una hamaca de cubierta, bronceándose la piel con el cabello recogido en un pañuelo de seda, gafas oscuras y un libro en las manos. Al atardecer, antes de vestirse para la cena, la veíamos siempre a popa, observando las aves marinas que planeaban en la estela mientras la corredera desgranaba milla tras milla en el Atlántico. Tenía una forma peculiar de inclinar el rostro sobre la borda, como si la espuma de las hélices, al batir las aguas, arrastrase imágenes que no le disgustara ver desvanecerse mar adentro. Sólo en aquel momento parecía sonreír como para sí misma, algo distante, con ese leve toque de fatiga, o de hastío, que a veces es posible percibir en algunas mujeres jóvenes a las que suponemos una historia que contar.

Pero ella jamás contó nada. Se limitaba a una breve inclinación de cabeza cuando algún pasajero o tripulante le dirigía un saludo, o cuando alguien, más atrevido, se hacía el encontradizo sobre cubierta. Creo que jamás la vi reír, o pronunciar diez palabras seguidas; ni siquiera cuando Martín, las dos o tres veces que ella y su marido fueron invitados a cenar en mi mesa de la cámara, hacía esfuerzos desesperados para llamar su atención. A pesar de ello, cuando dejamos atrás el trópico de Cáncer mi tercero estaba enamorado hasta la médula, y su dolencia aumentó a medida que nuestra latitud se aproximaba al Ecuador. Aquello me hubiera dado lo mismo en otras circunstancias; pero a fin de cuentas se trataba de mi barco. Ella era una mujer casada y su marido un pasajero absolutamente honorable, en principio. Además estábamos en alta mar, lo que me convertía en responsable moral de la situación. Así que una noche subí al puente mientras Martín hacía su cuarto de guardia, me apoyé a su lado en la bitácora, y en voz baja, para evitar que nos oyera el timonel, le dije que estaba dispuesto a colgarlo de un puntal si seguía haciendo el idiota. Creo que captó el fondo del asunto, pues a partir de entonces dejó de tartamudear en su presencia y todo fue como una seda.

Y no es que al marido le hubiera importado mucho. Lo cierto es que resultaba un tipo curioso. Yo estaba al corriente —a un capitán, en un barco, se le ocultan muy pocas cosas— de que las noches en el camarote de primera que ambos ocupaban eran ardientes, por decirlo de algún modo. Mayordomos y camareros daban fe, y era inevitable que eso llegara a mis oídos, de que tras la cena, ya en la intimidad de sus estrechas literas, ambos se entregaban a prolongados y ruidosos ejercicios conyugales. Lo extraño de todo aquello es que, durante el día, en la vida cotidiana de a bordo, apenas se prestaban atención; y era imposible, por mucho que se acechase, percibir en ellos los gestos tradicionales que uno suele esperar en tales casos, cuando hay de por medio una joven pareja de recién casados. Mientras ella permanecía en cubierta, con su libro o absorta en la estela del barco, él consolidaba una estrecha relación con Óscar, el barman de a bordo, a cuyo segundo taburete por la izquierda, el que daba a uno de los ojos de buey de estribor, parecía abonado en permanencia. Bebía como un profesional: solo, despacio y en silencio. Y a pesar del aire de muchacho de buena familia, Óscar terminó confesándome que había algo encanallado en su forma de torcer el bigote rubio a la hora de contemplar al trasluz la transparencia del sexto o séptimo martini. El resto del tiempo lo pasaba en el salón de juego, compartiendo tapete y baraja con un plantador muy adinerado, un comandante de la policía territorial que era una auténtica mala bestia, y el obispo de Bata, que regresaba de un cónclave en la Península y se moría por el póker descubierto. El joven marido jugaba bien y tranquilo, con mucha sangre fría, perdía con una sonrisa de desdén bajo el bigotillo rubio y ganaba encogiéndose de hombros, con los ojos entornados por el humo del cigarrillo americano que, invariablemente, tenía colgado en la comisura de la boca. En toda una vida de zarandeos en la mar y broncas en los puertos he aprendido un par de cosas sobre los hombres. Sé a quién confiar el timón cuando la mar pega de través, reconozco a un fogonero en tierra por su forma de caminar cuando está borracho, y en un bar adivino de un vistazo, entre veinte fulanos, quién lleva un cuchillo escondido en la caña de la bota. Por eso ante aquel mozo estaba seguro de no engañarme: alguien, su padre o su tutor, tenía que haber suspirado con alivio cuando, tras mover un par de influencias y conseguir meterle un destino en el bolsillo, logró subirlo a un barco, facturándolo para las colonias con su flamante mujercita. Con la esperanza, imagino, de que tardase mucho en volver.

Una mañana, con el sol reverberando en la rada de Santa Isabel como en un círculo de plata, echamos el ancla con el estrépito de cadenas y las maniobras de rigor, mientras harapientos negros en calzón corto afirmaban las estachas chorreantes de agua sucia. Se tendió la escala real y primero ella sin volver la cabeza, y luego él tocándose el ala del sombrero, desembarcaron sin más ceremonia y salieron de nuestras vidas.

En la monótona existencia local, que sólo se animaba cuando algún plantador se volvía majara y le pegaba un tiro a su mujer, o los pamues del interior violaban a una monja antes de hacerla filetes a machetazos, la llegada mensual del *San Carlos* era fiesta de precepto en el calendario local. Mi barco era el único vínculo que en aquel tiempo unía a los colonos con la metrópoli, así que la arribada rozaba el acontecimiento. La mayor parte de la población masculina blanca se congregaba en el muelle para asistir a la maniobra de atraque, ver qué novedades deparaba la lista de pasaje, y subir después a bordo para instalarse en el confortable, ventilado y bien provisto bar de la cámara, del que procuraban no salir hasta dos días después, cuando llegaba la hora de largar amarras. Entonces se agrupaban todos de nuevo en el muelle para agitar pañuelos y envidiar la suerte de quienes ponían agua de por medio. Todavía me parece verlos: ruidosos, maledicentes y malhumorados, despotricando de los negros, del meapilas del gobernador y de los precios del cacao, enflaquecidos por las fiebres o grasientos y sudorosos, con sus camisas blancas o caquis pegadas al cuerpo por la transpiración, y trasegando alcohol como si les fuera la vida en ello. Deshechos por el calor, la cirrosis, la gonorrea y el aburrimiento.

Por supuesto que se fijaron en ella. Yo imaginaba lo que iba a ocurrir y no quise perdérmelo, asomado al alerón de babor. Apenas apareció su melena rubia en lo alto de la escala real los vi agitarse en tierra, sorprendidos y ávidos, venteando una caza que, eso saltaba a la vista, estaba muy por encima de sus posibilidades. Hubo hasta algún silbido de admiración contenido a duras penas cuando el marido, que bajó tras ella ajeno en apariencia a la expectación suscitada, llegó al muelle y, tras quitarse un instante el sombrero con irónica cortesía en atención a los espectadores, se la llevó del brazo. A mi lado, en el puente, Martín miraba obstinadamente en dirección contraria, hacia el mar, apretada la mandíbula y pálido como la chaqueta de uniforme que se había abotonado hasta el cuello para la ocasión. Ella ni siquiera se había vuelto a decirle adiós.

Pasaron ocho meses antes de que volviéramos a verla. Al marido sí nos lo encontramos puntualmente a bordo, de treinta en treinta días, siempre ocupando su taburete favorito cada vez que tocábamos tierra en Santa Isabel. Llegaba a bordo con el resto de los blancos locales, saludaba a Óscar y se pasaba dos días bebiendo como una esponja hasta que retirábamos la escala y largábamos amarras. Fue así, en el atestado bar del *San Carlos*, entre humo de cigarros, rumor de conversaciones, codazos disimulados y risitas en voz baja, como las almas caritativas en que tan pródiga era la pequeña vida social de la colonia me mantuvieron informado de los acontecimientos. Al principio el tono era compasivo, del tipo: «Pobre chico, con una mujer así, usted ya me entiende, capitán»... seguido todo ello de una mueca desdeñosa o burlona y un guiño socarrón sobre el borde de un vaso mientras al fondo de la barra, ajeno en apariencia a la glosa de su desgracia, el marido miraba abstraído por el ojo de buey, rumiando sus pensamientos entre los vapores siempre compasivos del martini. En sucesivos viajes, a medida que el rumor del asunto se extendía hasta extremos que no podían pasar inadvertidos al propio interesado, el tono era ya de abierta rechifla, con bromas en voz alta, gestos alusivos e incluso comentarios directos que el marido encajaba con una media sonrisa entre aturdida y distante, como si aquella humillación pública pudiera ser aceptada de más o menos buen grado, a modo de resignada expiación por oscuros pecados sólo por él conocidos.

Así, de escala en escala, fuimos siguiendo puntualmente la evolución de la historia. En principio había sido un plantador de cacao; el mismo que, en el primer viaje, compartió tapete y baraja con el marido en la cámara. Después vino el turno de un poderoso comerciante en maderas, antes de que la fortuna sonriese a uno de los más altos funcionarios de la administración colonial. No tardó en correrse la voz, y menudearon los candidatos. En el microcosmos blanco de la colonia no había secreto que resistiese un par de copas entre amigos; además, los agraciados eran los primeros en alardear públicamente de tan soberbio trofeo de caza. Ella, matizaban con una mueca de envidia quienes quedaban fuera de la categoría mínima exigida para ejercer derecho a opción, picaba muy alto. Era también, al parecer, de gustos caros y muy ambiciosa, y sabía sacar partido de ello. Se hablaba de joyas, talones bancarios firmados entre arrebatos de pasión, y también de un par de apacibles vidas familiares deshechas irremediablemente, para gran escándalo de las almas pías locales y regocijo de quienes miraban los toros desde la barrera.

Hacia los últimos viajes comprendí que la situación se volvía insostenible. El amante de turno, otro plantador de categoría, con posesiones en la isla y el continente, ocupaba la cabecera de la crónica local a causa de cierto desagradable suceso doméstico. Para una esposa cualquiera, a quien el espejo mantenía con objetiva crueldad al corriente de los estragos de una docena de años entre humedades ecuatoriales y fiebres diversas, una cosa era no darse por enterada de que el marido se alegrara la vida jugueteando con las siempre dóciles miningas del servicio doméstico, y otra muy distinta que el interesado regresara a casa al amanecer silbando alegremente y con cabellos rubios enredados en la ropa. Así que, una de tales madrugadas, una esposa se había sentado a esperar en camisón, bajo el ventilador que giraba perezosamente en el techo, con una botella de anís del Mono en una mano y una pistola en la otra. Había errado el blanco por quince centímetros, quizá porque cuando el marido abrió la puerta y se encontró con el cañón del arma apuntándole a bocajarro, la esposa ya se había bebido media botella de anís y su pulso dejaba mucho que desear. Ese tiro hizo mucho ruido, valga el fácil retruécano: el caso se hizo del dominio público y el gobernador militar, que hasta entonces había procurado no darse por enterado, decidió tomar cartas en el asunto. Aquello no era moral. El marido fue convocado por vía de urgencia y, tras una breve conversación cuyos pormenores jamás salieron a la luz, abandonó el despacho de Su Excelencia con un traslado fulminante a la Península que equivalía a una expulsión sumaria.

Y fue así cuando, transcurridos aquellos ocho meses, la vimos subir de nuevo a bordo. Era un atardecer de esos muy lentos y tranquilos, con el sol que se deslizaba despacio a lo largo de la costa, silueteando cocoteros sobre la Cuesta de las Fiebres. Era rojo el reflejo del mar en el puerto y los muelles, y el aire parecía inflamado por algún incendio lejano. Eran rojas las paredes blancas de la Aduana, y rojas las camisas y rostros de los colonos y funcionarios que, como en cada viaje, se congregaban en el muelle después de la última copa a bordo para despedir a los pasajeros y observar la maniobra de largar amarras. Yo sabía lo que iba a suceder, anunciado desde dos días atrás con la ruindad y la mala fe que son de esperar en tales casos. Todos estaban allí aquella tarde: los habituales y también los que no lo eran, venidos expresamente para no perderse el espectáculo.

No quedaron defraudados. Estaba a punto de ordenar la maniobra cuando los vi bajar de un coche, precedidos por un par de negros con su equipaje. La gente que aguardaba a pie de pasarela abrió paso en silencio. Ella vestía de blanco, como al subir al barco en Cádiz, y su cabello dorado tenía reflejos rojizos cuando, antes de ascender por la pasarela, se quitó las gafas oscuras y paseó una mirada azul, serena y singular, por los rostros que la rodeaban. Estaba tan bella como el primer día, y vi que Martín, mi tercero, tragaba saliva con dificultad, aun estando tan al corriente de lo ocurrido como lo estábamos yo y el ruin comité de despedida congregado en el muelle. Entonces el marido, que miraba el suelo, le tocó el codo y ella levantó la barbilla, desafiante, y se puso de nuevo en movimiento como si despertara de un sueño o una imagen, pisó la escala y ascendió por ella con aquel balanceo suave de falda y caderas en las que no se ponía el sol, una entre cien, recuerden, sólo una de cada cien mujeres es capaz de moverse así al abandonar la seguridad de tierra firme, y mucho menos dejando lo que aquélla dejaba a su espalda.

Pensé que se encerrarían en su camarote hasta zarpar, pero me equivocaba. Se quedaron los dos en cubierta, mirando hacia el muelle mientras bajaban la pasarela y los negros soltaban amarras de los norays, dejando caer con un chapoteo las estachas al mar. Y mientras yo daba la orden de largar todo a popa, timón a estribor y avante poca, y el *San Carlos* empezaba a separarse lentamente del muelle, el grupo que estaba en tierra se agitó con un rumor que fue creciendo hasta llegar a los pasajeros en cubierta. Primero fueron sonrisas descaradas, adioses guasones, pañuelos agitándose con mala intención. Después, gestos inequívocos que dieron paso a groseras carcajadas. Me volví a mirar a la pareja, interesado, casi desatendiendo la maniobra. Apoyados en la regala, sin apartar los ojos de tan brutal despedida, los dos observaban impasibles el espectáculo, como si nada de todo aquello se refiriese a sus propias vidas. No había en sus rostros expresión alguna, rastro de ira o vergüenza. Si acaso, altanería en la mirada fría, en los ojos azules de ella. Y quizá un punto de absorta atención, de reflexiva curiosidad en él, en su forma de observar a la gente que lo insultaba. Como si de sus rostros y voces pudiera extraer interesantes consecuencias.

Y entonces, desde el muelle, llegó hasta nosotros, hasta él, clara y distinta, pronunciada con perfecta nitidez en un grito ruin, aquella palabra que yo había escuchado ya varias veces en voz baja entre los rumores del bar de a bordo, en cada escala, pero que hasta ese momento, ya en la impunidad del muelle con el barco zarpando, nadie había tenido el valor de escupirle a la cara:

—¡Adiós, cabrón!

Siguió un estallido de risas y de esa forma quedaron colmadas las expectativas del rebaño congregado en el muelle. Todo estaba consumado. Y entonces, cuando las carcajadas aún restallaban en el aire, él pareció volver lentamente en sí. Lo vi incorporarse un poco, todavía apoyado en la borda, e interrumpir a la mitad el gesto, apenas iniciado, de encender un cigarrillo. Se quedó mirando a los de abajo de hito en hito, pensativo, como si repasara sus rostros uno por uno. Y entonces torció el bigotillo rubio en una sonrisa que nunca le habíamos visto antes: una mueca desdeñosa, casi cruel, de esas que tardan una eternidad en definirse y que siguen ahí incluso cuando su propietario se ha ido. Y con esa sonrisa en la boca levantó una mano, agitándola lentamente, en gesto de decir adiós.

—Para cabrones, vosotros —dijo por fin en voz alta y clara, muy despacio, arrastrando las palabras; y volviéndose a medias hacia la mujer, que permanecía impasible, le pasó un brazo sobre los hombros y la atrajo hacia sí—... Porque ésta es una puta profesional —tiró el cigarrillo al agua, soltó una carcajada y con la mano libre se tocó la chaqueta, a la altura del bolsillo interior donde tenía la cartera—. Y vuestro dinero me lo llevo aquí... No olvidéis saludar de mi parte al gobernador.

El viento soplaba de tierra, con olor a raíces y humedad, enredando el cabello de la mujer sobre su cara. Ella se lo apartó con un gesto, hermosa y fría como el mármol, inalterable, y pude ver cómo sus ojos azules paseaban un destello de triunfo sobre los rostros estupefactos del muelle rojizo, donde agonizaban los últimos rayos de luz. Entonces ordené timón a la vía y avante a media máquina, y con un rumor de hélices que hacía vibrar su viejo casco, el *San Carlos* puso proa al mar abierto.

Manuel Vicent
Una dama en la noche

Sobre el raído sofá de la marquesa, que era Grande de España, estaba el tarjetón con grecas de plata signado con el membrete de la Zarzuela y ella se había hecho leer una y otra vez por el mayordomo aquella invitación al palacio de Oriente con motivo de la onomástica del rey. Hacía ocho años que la señora no salía de casa. Habitaba la única dependencia salvada de las telarañas de un inmenso caserón situado en el centro de Madrid, una mansión llena de alfombras recosidas, tapices yertos como pellejos, tresillos desventrados, cañerías atascadas por los murciélagos bajo una capa de polvo extasiado que lo doraba todo. Algunos salones no se habían abierto desde los tiempos de Dato, pero en el último piso se veía siempre un ventano de buhardilla iluminado por una pantalla color de rosa. Allí dentro vivía una avutarda seca, que era realmente una dulce dama esclerótica de ochenta años, una de esas que guarda bombones con moho en un bargueño y reza un libro de horas, cuidada por un mayordomo con ademanes de sacristán. De su árbol genealógico quedaban sólo puntas de rama, unos sobrinos algo caballistas repartidos en las heredades del campo.

Había decidido asistir a la fiesta de palacio y a media tarde comenzó a acicalarse con todos los productos de un arcón del siglo XVII. Se puso un vestido de moaré ajado que le llegaba hasta los botines de tafilete; se adornó con una diadema de zafiros y diamantes, con una gargantilla de perlas y un kilo de oro distribuido en distintos broches, pulseras, camafeos, arracadas, guardapelos y sortijas; se colgó de las paletillas una boa de plumas de marabú; cogió el bastón de ébano, el pequeño bolso de nácar donde se traslucía un pañuelo de encaje y el billete de mil pesetas, y arreada de tal forma esta antigua cortesana de Alfonso XIII descendió solemnemente del nido por una especie de montacargas hasta el zaguán, cogida del brazo de su criado, que la acompañó a la esquina para tomar un taxi. Ésta es una historia verídica. El próximo día 24 de junio, festividad de San Juan Bautista, hará un año que sucedió.

—¡Taxi!

—...

—Por favor. Lleve a la señora a la plaza de Oriente —dijo el mayordomo al taxista.

—¿A qué parte?

—A la puerta del Palacio Real, en la calle Bailén.

El criado dejó estibada a la marquesa en el taxi, le hizo algunas recomendaciones al conductor y éste arrancó en dirección al sarao. No tenía pérdida. En las cercanías de la calle Bailén, el primer control de policía filtraba ya a los invitados. Dentro del espacio acordonado por una orla de furgones, como carretas del Oeste puestas en círculo, se movían las comitivas que iban llegando a la fiesta real. Había una elegancia media, según el modelo Cortefiel para bodas y bautizos, vestidos de tono pastel con una maraña de

150

gasas en los casquetes y pamelas, trajes gris marengo con corbatas plateadas. Por eso, aquella anciana ataviada de pedrería, centelleando quilates y guiños de joya, atravesó barreras, verjas y portalones con gran majestad en las clavículas sin tener que dar cuenta de su estirpe a ningún guarda introductor, aunque, una vez metida en el cotarro, ella no conocía absolutamente a nadie.

En palacio había varias salas abarrotadas y en aquel cúmulo de carne sudada se veían héroes del rock, políticos socialistas, académicos, cómicos de derechas, figuras de la canción melódica, militares con medallas, poetas laureados, bailarines de flamenco, políticos comunistas, escritores reaccionarios, deportistas famosos, jueces supremos, payasos de circo y otra gente inconcreta, pero con barba. Algunos llevaban la mano pringada con la mayonesa del canapé que limpiaban discretamente en un cortinaje. Otros aplastaban las colillas de puro contra las alfombras de la Real Fábrica. Todos abrevaban zumos y licores, se daban abrazos y las lámparas del techo iluminaban el mejor género que produce nuestra patria.

Parte de la nobleza también había sido invitada. Los Grandes de España estaban arrumbados en un pasillo. Aparecían varados con un montado de falso caviar en los dedos y ciertos aristócratas de pergamino aún se sentían con fuerzas para maldecir ante el espectáculo de su mundo asaltado por los plebeyos. La anciana marquesa no se dio cuenta de nada, no llegó a encontrarse con ellos, no logró saludar al rey o a la reina. Anduvo flotando entre los corros con la dulzura de su arteriosclerosis en las sienes sin abrir la boca durante un par de horas hasta que aburrida de ver tanta barba abandonó el palacio de Oriente cuando el crepúsculo se cerraba ya por el Campo del Moro con unos nubarrones color caldero. Salió a la calle Bailén y paró un taxi.

—Lléveme al cortijo del Tomillar.

—¿Dónde queda eso? —preguntó el taxista.

—Por el centro —contestó la dama.

—Usted dirá.

De momento, la vieja dama había confundido su mansión de Madrid con la antigua propiedad de olivos en la provincia de Córdoba, pero el taxista iba ya hacia la Gran Vía mientras ella le hablaba de una lejana fiesta de juventud. El taxista supo en seguida que aquella señora no regía bien. Parecía muy enfadada todavía con el general Primo de Rivera y mezclaba de forma inconexa relatos de Biarritz, de la cría de cerdos, del suicidio de un pariente conde-duque, de un baile con los Medinaceli, de las goteras del palacio, de aquel día en que la infanta quedó embarazada de un violinista húngaro. Aunque lo grave no era esa tabarra, sino que, de pronto, aquella anciana había olvidado el nombre de la calle donde vivía. Sólo recordaba que cerca de su casa había una farmacia, o tal vez una pastelería, o sería probablemente una iglesia, porque ella oía campanas cada mañana. La calle llevaba el nombre de un santo o de una santa y era más o menos estrecha. Sólo sabía eso.

A las diez de la noche aquel taxista se hallaba con una marquesa de ochenta años a bordo, toda cubierta de joyas auténticas, vestida de blanco moaré hasta los pies, dando vueltas por el centro de la ciudad para encontrar un punto de referencia que abriera la luz en la memoria de la anciana, pero a ella tampoco parecía importarle mucho. Hablaba como una cotorra de lances fenecidos de los tiempos

152

de Maura, lanzaba risitas histéricas, ji, ji, ji, cuando volvía a contar por cuarta vez aquello de la infanta con el músico, y el taxista llevaba ya una hora de reloj con la nariz pegada al parabrisas tratando de guipar alguna casa con blasón, algún portal con escudo, cualquier entrada de carruajes. Había pensado abandonarla en una comisaría o depositarla en un dispensario de la Cruz Roja. De pronto, la marquesa se asomó a la ventanilla y dijo:

—Pare. Es aquí.

—¿Está usted segura? —exclamó el taxista.

—Gracias, caballero. Hemos llegado.

—¿Cómo lo sabe?

—Estoy oyendo maullar a mi gato —exclamó la dama.

Había comenzado a caminar por la acera y su figura parecía un pálido alabastro en esa calle oscura del Madrid antiguo. Estaba totalmente perdida y en realidad no quería llegar a ninguna parte. Se dejaba llevar por los botines de tafilete como un mosquito hacia el primer punto de luz; cruzaba mayestáticamente la calzada y entonces se producían en torno a ella bocinazos y chirridos de coche cuyos faros iluminaban contra el asfalto la imagen de una dama alta y seca, llena de relámpagos de oro, vestida de largo y con una boa de plumas de marabú. A veces se detenía frente al escaparate de una mercería o en la puerta de un figón. Había sonreído cuando se vio rodeada por aquel grupo de tunos con guitarrón, y hasta el momento no hacía más que mirar cochinillos de cera en el hueco de los restaurantes turísticos, ristras de chorizos en las ventanas de las tascas y todo la excitaba mucho. Era la noche de San Juan con un cielo poblado de signos algebraicos. La vieja marquesa andaba extraviada muy lejos de su palacio. En la calle se oían risotadas con vientos de música.

Fue una larga travesía apoyada siempre en su bastón de ébano por un tiempo sumergido. La anciana tenía vagamente en la memoria un mundo de cornucopias con telarañas, un sueño de grandes aposentos con arcas y tapices. Su palacio estaba en otro barrio de Madrid. Aquella tarde había asistido a un sarao real, y Alfonso XIII le había dado un beso en la mejilla. Las hebras de su bigotito de espadachín le habían rozado levemente los labios y aún podía oler aquel perfume. En un fondo de aguamarina le bailaban esfumadas siluetas de adolescencia cuando a ella la cortejaba un primo conde-duque, que luego se colgó de una viga en la casa solariega de Extremadura. Se veía a sí misma recostada bajo una sombrilla en traje de baño con rayas de avispa en la playa de Biarritz, y ahora confundía la peste porcina, que había asolado tres mil cabezas del latifundio de Huelva en 1917, con la muerte de una parte de su familia en la guerra civil de 1936. En este momento salían bocanadas de rock de un garito y por donde ella pasaba había antros de luz caliente, cervecerías y colmados de pornografía. Nadie la molestó en absoluto. La ilustre dama iba caminando por la Costanilla de los Ángeles con toda la solemnidad en su frente perdida, y algunos pasajeros nocturnos se volvían para mirarla sonriendo con cierta maldad. Traía diez millones de pesetas encima, que despedían haces de serpiente emplumada.

La ciudad ya no olía como antaño. No podía relacionar ningún aroma con el recuerdo de su antigua mansión. Con un aire desvaído en los ojos atravesó la Gran Vía a medianoche, contempló unas tiendas de zapatos y luego fue dejando una estela de lívido alabastro por la trasera de la Telefónica, ese puerto de mar para lobos de asfalto. No comprendía nada. A veces se detenía a jadear contra una pared o se sentaba en el poyo de cualquier portal, y no sentía ninguna clase de angustia. Hacía navegar el cerebro en una esclerosis acuática y embarcaba la memoria hacia los parajes de una niñez llena de columpios. Hay que creer que nadie se había preocupado por ella, aunque a esa hora el mayordomo había llamado a la policía, había preguntado a todos los hospitales, había telefoneado a los aristócratas conocidos que pudieran haber estado en la fiesta de palacio. Ninguno la había visto. Tampoco los coches de patrulla habían logrado dar con ella.

A las tres de la madrugada, la señora marquesa, que era Grande de España, estaba acurrucada en el bordillo de una acera entre dos cubos de caucho, y fue una casualidad que pasara entonces el camión de la basura. Los faros iluminaron la visión de aquella anciana cubierta de joyas. Desde el estribo, el hombre de la basura gritó:

—Para, Tonín.

—¿Qué sucede?

—Aquí hay una mujer muerta.

—Buenas noches, caballeros —exclamó la marquesa.

—¿Qué hace usted aquí?

—Nada.

Aquellos señores recogieron las bolsas de basura y cargaron igualmente a la marquesa para llevarla a la Dirección General de Seguridad. La ayudaron a subir a la cabina del camión, la sentaron al lado del conductor, y mientras el estruendo de la máquina trituraba los residuos putrefactos de la ciudad, ella fue hablando a los basureros de un baile de infantas, de un veraneo en Biarritz. No sabía volver a casa, pero recordaba en la raíz del olfato cierto olor a bombones con moho que guardaba en el bargueño para las visitas. De pronto, en la cabeza de la vieja dama se encendió un tejido. El hedor dulcísimo que despedía la basura del camión la había llevado a otro perfume de salones cerrados, donde había óleos de Goya, de Ribera, tapices florecidos y murciélagos en las cañerías. En su naricilla se hizo el contacto. Aquellos bombones los había comprado en la pastelería de San Onofre.

—Detenga el coche, caballero —gritó la dama.

—¿Qué pasa?

—Vivo en la calle San Onofre.

La calle de San Onofre estaba cerca de allí. El camión de la basura dio la vuelta a la esquina y llegó en seguida a su destino. Se detuvo frente a un caserón blasonado y la señora bajó del coche de la basura elegantemente ataviada con diademas de zafiros, broches, camafeos, con el cuello rodeado por una boa con plumas de marabú. El mayordomo abrió el portalón y ella se sumergió otra vez en el fondo de los siglos.

Ignacio Aldecoa (Vitoria, 1925-1969), poeta y narrador, fue uno de los principales representantes del neorrealismo literario en España. Además de sus relatos cortos, entre sus obras se distinguen las novelas *El fulgor y la sangre* y *Gran Sol* (Premio de la Crítica).

Nuria Barrios (Madrid, 1962), doctora en Filosofía, narradora y poeta, ha trabajado en el mundo editorial y es colaboradora habitual de diversos medios de comunicación. Entre sus obras destacan los libros de relatos *Amores patológicos* y *El zoo sentimental* y el libro de poemas *El hilo de agua* (Premio Ateneo de Sevilla).

Mario Benedetti (Paso de los Toros, Uruguay, 1920-2009), narrador, poeta, dramaturgo y crítico literario, fue uno de los autores más populares en lengua española del siglo xx. En su prolífica obra, que le valió el Premio Reina Sofía de Poesía o el Premio Iberoamericano José Martí, sobresalen la recopilación de relatos *Montevideanos*, los distintos *Inventarios* que recogen sus poemas y la novela *La tregua*.

Julio Cortázar (Bruselas, 1914-1984), narrador, poeta y ensayista, es uno de los escritores latinoamericanos más importantes de todos los tiempos. Creador de deslumbrante imaginación, llevó a la perfección el género del relato corto en *Historias de cronopios y de famas* o *Todos los fuegos el fuego*. Entre sus novelas, también destaca la novela *Rayuela*, una de las obras maestras de la narrativa del siglo xx.

Luis Mateo Díez (Villablino, León, 1942), narrador intimista y nostálgico, es el creador de uno de los mundos más característicos y personales del actual panorama literario en España. Miembro de la Real Academia Española, entre sus obras merecen especial distinción el libro de relatos *El árbol de los cuentos* y las novelas *La Fuente de la Edad* (Premio Nacional de Literatura y Premio de la Crítica) y *La ruina del cielo* (Premio Nacional de Literatura y Premio de la Crítica).

Roberto Fontanarrosa (Rosario, Argentina, 1944-2007), gran cuentista y humorista gráfico, fue también colaborador habitual de la revista *Clarín* y del grupo humorístico Les Luthiers. Autor de tres novelas, es sobre todo reconocido por sus libros de cuentos y sus viñetas gráficas.

Gabriel García Márquez (Aracataca, Colombia, 1928), principal abanderado del realismo mágico, es probablemente el mejor y más leído escritor latinoamericano de todos los tiempos. Galardonado en 1982 con el Premio Nobel de Literatura, en su obra destacan las novelas *Cien años de soledad* y *El amor en los tiempos del cólera* y las antologías de relatos *Los funerales de la Mamá Grande* y *Doce cuentos peregrinos*.

Juan García Hortelano (Madrid, 1928-1992), poeta y narrador, es uno de los grandes novelistas y cuentistas españoles del siglo xx. Claro exponente del realismo social en sus primeras obras, fue dando paso a la ironía y al humor, hasta llegar a ser un maestro del sarcasmo. Entre sus obras más significativas se cuentan las novelas *Tormenta de verano*, *El gran momento de Mary Tribune* y *Gramática parda* y los libros de relatos *Gente de Madrid* y *Apólogos y milesios*.

Julio Llamazares (Vegamián, León, 1955), narrador extraordinario que abarca todos los registros literarios, desde la poesía —*La lentitud de los bueyes*— a la literatura de viaje —*El río del olvido, Las rosas de piedra*—, pasando por artículos periodísticos —*Entre perro y lobo*— o guiones cinematográficos. Entre sus novelas destacan *Luna de lobos* y *La lluvia amarilla*.

Manuel Longares (Madrid, 1943), narrador excepcional caracterizado por un fino sentido del humor y un estilo barroco y muy cuidado, entre sus novelas merecen epecial atención *Soldaditos de Pavía*, *Romanticismo* (Premio de la Crítica) y *Nuestra epopeya* (Premio Ramón Gómez de la Serna). Además, es autor de dos libros de relatos, *Extravíos* y *La ciudad sentida*.

José María Merino (A Coruña, 1941), principal abanderado del relato corto en España, como demuestran los volúmenes *Cuentos de los días raros* y *La glorieta de los fugitivos* (Premio Salambó), en su obra, a menudo apoyada en lo fantástico y lo onírico, también destacan las novelas *La orilla oscura* (Premio de la Crítica), *El heredero* (Premio Ramón Gómez de la Serna) y *El lugar sin culpa* (Premio Gonzalo Torrente Ballester). Es miembro de la Real Academia Española.

Juan José Millás (Valencia, 1946), narrador y periodista, es uno de los autores más prestigiosos y populares de la literatura española contemporánea. Su desbordante ingenio y sus originales análisis psicológicos han convertido en grandes éxitos obras como las novelas *La soledad era esto* (Premio Nadal), *El desorden de tu nombre* y *El mundo* (Premio Planeta 2007) y sus recopilaciones de artículos y relatos *Ella imagina* y *Primavera de luto*.

Augusto Monterroso (Tegucigalpa, Honduras, 1921-2003), narrador y ensayista, su literatura destacó por un fascinante dominio de la concisión y un humor punzante. Premio Príncipe de Asturias de las Letras, entre sus obras destacan *La Oveja Negra y demás fábulas*, *Movimiento perpetuo*, *Lo demás es silencio*, *La palabra mágica*, *La letra e* y *Literatura y vida*.

Arturo Pérez-Reverte (Cartagena, 1951) es sin duda el autor más popular de España. Su espectacular carrera literaria, jalonada de éxitos y premios, ha sido reconocida también en el exterior, habiéndose traducido su obra a treinta idiomas. Grandes novelas como *El maestro de esgrima*, *El club Dumas*, *La Reina del Sur*, *El pintor de batallas* o las contenidas en la serie de *El capitán Alatriste* dan fe de ello. Es miembro de la Real Academia Española.

Manuel Vicent (Villavieja, Castellón, 1936). Entre sus obras, caracterizadas por la riqueza de lenguaje y la evocación nostálgica de la juventud y el mar, destacan las novelas *Balada de Caín* (Premio Nadal), *Tranvía a la Malvarrosa*, *Jardín de Villa Valeria* y *Son de Mar* (Premio Alfaguara). Sus columnas en *El País* son una referencia del género periodístico.